Ruth Rendell
Herzsplitter

RUTH RENDELL

Herzsplitter

Roman

Mit Illustrationen
von George Underwood

WILHELM HEYNE VERLAG
MÜNCHEN

Best.-Nr. 40/19

3. Auflage

Titel der englischen Originalausgabe:
Heartstones
Ins Deutsche übertragen
von Ursula Bischoff

Die Originalausgabe erschien
im Verlag Century Hutchinson, London, 1987

Umschlaggestaltung: Atelier Ingrid Schütz, München
Umschlagfoto: ZEFA/N. Schaefer, Düsseldorf
Satz: VerlagsSatz Kort GmbH, München
Druck und Bindung: RMO Druck, München
Printed in Germany 1988

ISBN 3-453-00542-2

HERZSPLITTER

Der Gedanke an Gift war mir in jenen Tagen nie gekommen, und dessen kann ich mir ganz sicher sein, daß ich mit dem Tod unserer Mutter nichts zu tun hatte. Er hat mich eher verstört, wenn auch nicht in demselben Maße wie Spinny, die weinte und schluchzte, so betroffen war sie. Unsere Großmutter hatte uns mitgeteilt, daß Mutter gestorben war. Wir müssen in dem Moment wie eines jener Viktorianischen Gemälde gewirkt haben, die besonders schicksalsträchtige Szenen zum Inhalt haben, wie etwa ›Endlose Verlobungszeit‹ oder ›Das Erwachen des Gewissens‹; nur hätte man das Bild, das wir boten, ›Die armen mutterlosen Kinder‹ betiteln können: Großmutter sitzt da mit meiner Schwester Spinny auf dem Schoß und hält schützend den Arm um mich; mein Kopf lehnt an ihrer Schulter, während sie uns im Flüsterton berichtet, was geschehen ist.

Obwohl ich nichts damit zu tun hatte, traf mich ihr Tod nicht unvorbereitet. Ich wußte, daß sie sterben würde – wußte es von dem Augenblick an, als ich zufällig gehört hatte, wie sie Luke erklärte, sie würde sich nicht operieren lassen; sie wollte lieber tot sein als verstümmelt. Statt dessen ging sie zu einem Homöopathen, der ihr empfahl, ausschließlich rohes Gemüse zu essen. Luke meinte, allein der Gedanke daran sei ihm schon zuwider und zutiefst suspekt. Ich wußte, die Krebsgeschwulst würde sich durch rohes Gemüse nicht beeinflussen lassen, würde verächtlich darüber hinwegsehen, wie ein Tier eine Falle verschmäht, die einen wenig verlokkenden Köder enthält.

Spinny war argloser gewesen. Sie glaubte daran, daß Mutter gesund werden und nach Hause zurückkehren würde. Deshalb löste die Nachricht wahre Tränenströme bei ihr aus, die sowohl dem Schock als auch der Trauer entsprangen. Ich bettete meinen Kopf an Großmutters Schulter, atmetete den zarten Duft des Fresienparfums ein, den all ihre Twinsets ausströmten, und fragte mich, warum Luke es uns nicht selbst gesagt hatte. Er war noch immer im Hospital und hatte von dort aus mit seiner Mutter telefoniert; mir wäre es allerdings lieber gewesen, er hätte noch gewartet und es uns persönlich mitgeteilt. Das Telefon läutete, und Großmutter ließ uns für eine oder zwei Minuten allein.

»Hoffentlich kommt Luke bald«, sagte ich zu Spinny. »Ich möchte wissen, wie er es aufgenommen hat.«

Spinny antwortete, noch immer unter Tränen: »Es wird ihm das Herz gebrochen haben.«

Sie übernimmt solche Ausdrücke von den Frauen, die zu uns ins Haus kommen, um zu putzen und zu kochen.

»Ganz sicher nicht« sagte ich. »Er hat ja mich.« Und da ich plötzlich von einer Welle des Mitleids gegenüber meiner kleinen, mutterlosen Schwester erfaßt wurde, verbesserte ich mich: »Er hat uns.«

»Das ist nicht dasselbe wie eine Frau, sagt Rosemary.«

Rosemary ist eine der beiden Aufwartefrauen – schwatzhaft, oberflächlich und eine wahre Goldgrube, wenn es um abgedroschene Phrasen geht, sagt Luke, wobei sich mir sofort ein Bild aufdrängte, ein Bild von einem tiefen Schacht und von Männern, die, auf den Knien liegend, mit Pickel und Hammer aus den Schichten des Gesteins solche Klischees herausbrechen, wie beispielsweise ›Sein Herz ist gebrochen‹ oder ›Ihr Tod war eine Erlösung!‹

»Das ist weit besser als eine Ehefrau, Spinny«, erklärte ich. »Schließlich sind wir zur Hälfte aus ihm gemacht.«

Ihr richtiger Name lautet Despina, aber jeder nennt sie Spinny. Ich heiße Elvira, und niemandem wäre es je in den Sinn gekommen, mich Elly zu rufen. Unsere Mutter liebte Mozart-Opern, und Luke sagte manchmal, wenn sie einen Sohn gehabt hätten, würde sie darauf bestanden haben, ihn ›Figaro‹ zu taufen. Wir alle haben ungewöhnliche Namen, außer meiner Mutter, die Anne hieß. Vielleicht haben wir sie deshalb niemals beim Vornamen genannt, sondern immer nur Mutter gesagt, während es uns nie eingefallen wäre – mir zumindest nicht, und Spinny eifert mir natürlich in allem nach –, unseren Vater anders als Luke zu nennen.

»Er wird in einer halben Stunde hier sein«, sagte Großmutter.

Wir waren schon seit zwei Tagen bei ihr in ihrer Wohnung. Ich hatte Sehnsucht nach unserem Zuhause. Ich malte mir aus, wie ich an unserem Wohnzimmerfenster stehend Lukes Ankunft erwartet hätte, ihm mit angemessenem Ernst die Tür öffnen und ihn in sein Arbeitszimmer begleiten würde, um mich dort still an seine Seite zu setzen. Aber in Großmutters Augen war ich noch ein Kind, obwohl ich es in Wirklichkeit nie gewesen war, sondern schon alt geboren bin, und Luke weiß das. Er weiß es tief in seinem Innern, auch ohne ein Wort darüber zu verlieren; es ist eines der Geheimnisse, die wir miteinander teilen. Als er damit begann, mir die griechischen Sagen zu erzählen, verglich ich mich mit der Göttin Athene und glaubte – wie sie einst –, schon voll ausgerüstet der Stirn meines Vaters entsprungen zu sein. Ich kann mich noch daran erinnern, welchen Schock ich empfand, als ich erfuhr, daß ich statt dessen aus dem Bauch meiner Mutter gekommen sei. Ich stellte mir ihren Schoß als eine feuchte, finstere Höhle vor, ein warmer Tümpel, gepolstert mit Seegras und bewohnt von Schnecken und Seeanemonen. Doch ich hätte mir viel mehr die lichte, goldglänzende Kuppel eines antiken Tempels als Geburtsstätte gewünscht: Lukes Kopf, der Lukes Gedanken beherbergte.

Ich lehnte Großmutters Teegebäck ab. Sie scheint zu erwarten, daß jeder auf der Stelle tot umfallen müsse, der nicht mindestens alle zwei Stunden etwas ißt, aber diesmal zeigte sie Verständnis, oder tat zumindest so, als würde sie mich verstehen. Sie griff unter dem Tisch nach meiner Hand und drückte sie. Meine Großmutter ist eine liebe Frau, und man sieht auf den ersten Blick, daß Luke ihr Sohn ist, denn auch sie ist groß und hellhaarig und hat die gleichen ebenmäßigen Gesichtszüge, die wie aus Marmor gemeißelt scheinen. Luke, sie und ich, wir gleichen uns, während Spinny ganz die Tochter ihrer Mutter ist — plump, dunkel und kuhäugig.

Spinny aß natürlich. Um sich zu trösten, meinte Großmutter, und füllte ihren Teller immer wieder mit Wiener Strudel. Essen bedeutet mir wenig, und ich würde es wohl vergessen, wenn man mich nicht ständig daran erinnerte. Alles, was den Körper betrifft, langweilt mich, im Gegensatz zur Seele, die ich für das Interessanteste auf der Welt halte. Deshalb aß ich nichts, sondern saß schweigend mit ihnen am Tisch und sann darüber nach, ob Luke uns wohl nach Hause zurückbringen würde. Ich überlegte einen Moment lang, ob ich ihn nicht darum bitten sollte, obwohl es eigentlich nicht meine Art ist, etwas zu erbitten. Ich saß wartend an dem ovalen Mahagonitisch mit der feingewebten Leinendecke mit zarter Hohlsaumstickerei. Mein Gesicht spiegelte sich in der silbernen Teekanne. Großmutter rückte das Porzellan mit dem Dänischen Blumenmuster zurecht; ihre Hände sind früher sehr schön gewesen; aber jetzt hat sie die Arthritis entstellt — oh, dieser Körper, dieser elende Leib! Auf Spinnys kleinem rundlichen Gesicht hatten die getrockneten Tränen eine Salzspur hinterlassen, die einem Blütenblatt glich.

Luke besaß einen Hausschlüssel und sperrte geräuschlos die Eingangstür auf. Großmutter und ich bewegen uns wie er, lautlos gleitend, geschmeidig. Ich sagte nichts. Ich sah ihn nur unentwegt an und suchte in seinem Gesicht nach Anzeichen, die den Klischeevorstellungen der beiden Frauen entsprechen würden: dem leeren, müden Blick, der Hohlwangigkeit, den zitternden Lippen. Ich konnte keines entdecken. Sein Aussehen war unverändert gut, seine Haut leicht gebräunt und der Blick seiner blauen Augen frei wie immer. Sein Gesichtsausdruck hatte sich nicht verändert und spiegelte das innere Feuer und den lebhaften, forschenden Geist wider, der nur jenem kleinen Kreis von Menschen zu eigen ist, die über einen herausragenden Intellekt verfügen. In diesem Augenblick verwandelte ich mich in ein Wesen aus Feuer und Luft, schwerelos, ätherisch, körperlos. Ich wollte nichts weiter, als ihn betrachten, ihm nahe sein, meine Seele mit seiner verschmelzen.

Er begrüßte seine Mutter mit einem Kuß auf die Wange, legte seine Hände auf Spinnys Schultern und küßte sie auf die Stirn. Doch als Spinny erneut in Tränen ausbrach, war er unfähig, sie zu trösten, überließ sie ihrer Großmutter und sah mich an. Er berührte mich nicht; wir berührten einander kaum jemals, aber wir waren einander nah in einer vollkommen schweigenden Übereinstimmung.

»Wollen wir jetzt nach Hause gehen, Elvira?« fragte er.

Das Haus, in dem wir wohnen, liegt nahe dem Zentrum, wenn auch nicht im Stadtkern selbst, die Kathedrale ist ganz in der Nähe. Luke lehrt an der Universität, an der schon sein Vater Dekan war, aber er gehört außerdem auch zum Klerus. Unser Haus ist sehr alt, zum Teil während des 15. Jahrhunderts erbaut, und strahlt eine schlichte, gediegene Eleganz aus ohne jede protzigen, überladenen Verzierungen, die Luke als vulgär bezeichnet. Es heißt, in unserem Haus spuke es. Man will dort gespenstische Erscheinungen beobachtet haben — eher gehört als gesehen —: eine geheimnisvolle Frauengestalt, die mit klappernden Absätzen über Holzböden der Gänge spaziert, obwohl diese jetzt mit Teppich ausgelegt sind; eine Stimme, die den Namen des Lauschenden wispert; eine Katze, die man tatsächlich gesehen haben will. Mir ist keine dieser Spukerscheinungen je begegnet, auch Luke nicht. Mutter hat einmal behauptet, die Katze gesehen zu haben, aber warum sie glaubte, es handele sich dabei um einen Geist, weiß ich nicht. Es ist doch viel wahrscheinlicher, daß die Katze aus Fleisch und Blut war, oder? Mutter schrieb gelegentlich für ein Magazin und beabsichtigte, auch einen Artikel über unsere Geister zu verfassen, aber Luke las ihr daraufhin folgende Passage von Fielding vor:

»Die einzigen übernatürlichen Kräfte, die uns modernen Menschen in irgendeiner Weise zugänglich sind, sind Geister. Aber ich würde jedem Schriftsteller raten, außerordentlich sparsam mit diesem Sujet umzugehen. Es ähnelt in seiner Wirkung dem Arsen und anderen gefährlichen Drogen, deren Dosierung extreme Vorsicht erfordert. Ebensowenig würde ich denjenigen in diesem Metier darüber zu schreiben empfehlen, die ein schallendes Gelächter ihrer Leser als bloßes Vorurteil oder gar als Kränkung ansehen.«

Er findet immer genau das rechte Wort — *le mot juste* — im rechten Augenblick.

Nach Mutters Tod fing Spinny damit an, die Geister zu hören und zu sehen. Ich vermute, daß sie auf diese Weise versuchte, unsere Aufmerksamkeit auf sich zu lenken. Wahrscheinlich hat sie gemerkt, wie nahe Luke und ich einander stehen und fühlt sich davon ausgeschlossen. Ich konnte sie dafür gewinnen, mir bei der Beantwortung der zahlreichen Kondolenzbriefe zur Hand zu gehen, die nach Mutters Tod eingegangen waren. Ich nahm an, es würde die Leute zutiefst anrühren, eine Antwort in ihrer kindlich-runden Handschrift zu erhalten und die echte, unverfälschte Trauer herauszuspüren.

»Heute nacht habe ich die Katze kommen sehen, Elvira«, sagte Spinny, während sie das Kuvert an Mrs. Fitzboyne, die Frau des Agrarprofessors, versiegelte. Wir saßen am Tisch des Wohnzimmers; die großen Sprossenfenster geben den Blick frei auf die Straße – die Lady Lane –, deren Pflaster bedeckt war mit herabgefallenen Lindenblüten. »Ich habe sie in mein Schlafzimmer hereinkommen sehen. Sie ist beim Fenster durchgeschlüpft und hat sich in mein Bücherregal gesetzt.

»Du solltest dein Fenster in Zukunft geschlossen halten«, sagte ich und mußte lächeln.

»Wenn ich das Fenster zumache, kommt sie durch die Tür.«

Ich sprach mit Luke darüber. Er saß in seinem Arbeitszimmer und schrieb an der Predigt, die er gelegentlich am Sonntag halten muß. Als Thema hatte er, glaube ich, die moralische Schwäche der Reichen und Mächtigen gewählt. Sein Arbeitszimmer ist mir der liebste Platz im ganzen Haus, denn Luke ist hier überall präsent: in seinen Büchern, seinen Notizen, in den großen Folianten, den Enzyklopädien und den theologischen Werken – und alles ist ausgesprochen sauber und ordentlich. Es würde Luke niemals in den Sinn kommen – wie so manch anderem Gelehrten –, dem Hauspersonal den Zutritt zu seinem Reich zu verbieten. Welchen Schaden konnten Rosemary oder Sheila hier schon anrichten? Alle Bücher wurden hinter Glas aufbewahrt, jedes Blatt Papier war auf dem exakt richtigen Stapel abgelegt. Für seine Anmerkungen benutzte er jeweils eine neue Seite seines Notizblocks, über dem, genau im rechten Winkel, der Füllfederhalter lag. Auf dem Fensterbrett stand in einer Kupfervase ein Strauß schneeweißer Narzissen, den ich am Morgen, noch bevor ich in die Schule gegangen war, für ihn aufgestellt hatte. Luke hatte eine Blüte aus dem Strauß genommen und sie dicht neben seine linke Hand auf die mattglänzende Eichenplatte des Schreibtisches gelegt, so daß er dann und wann ihre kühlen weißen Blätter berühren konnte, während er schrieb.

»Sie sieht und hört diese Erscheinungen immer vor dem Einschlafen«, sagte ich. »Vermutlich eine Art Wachtraum.«

»Was können wir tun, Elvira?« fragte er mich.

»Vielleicht solltest du ihr Gesellschaft leisten, bis sie eingeschlafen ist. Natürlich kann auch ich diese Aufgabe übernehmen, aber das wäre nicht dasselbe. Sie vermißt Mutter. Wenn du dich zu ihr setzt und ihre Hand hältst, wird sie einschlafen und sicher in weniger als einer Woche ihre angeblichen Geistererscheinungen vergessen haben.«

Mit welcher Zärtlichkeit, mit welch tiefem Verständnis er mich ansah, als er versprach, der armen kleinen Spinny auf diese Weise zu helfen! Konnte er wissen, was mich diese Bitte kostete? Ahnte er, wie groß das Opfer war, das ich für meine Schwester brachte? Natürlich wußte er es. Ich will damit nicht andeuten, daß er all meine geheimsten Gedanken kannte, aber er konnte das erraten, was ich ihn erraten ließ. Sobald ich ihm Einlaß gewährte in meine Gedankenwelt – in den Bereich, in dem meine Gedanken entstanden, sich entwickelten und vervollständigten –, konnte er sie nachempfinden; allerdings nur, wenn ich ihm den Zugang gestattete. Er wußte, daß für mich das höchste Glück darin bestand, mit ihm allein zusammenzusein, ohne irgendwelche Störenfriede, und er sah es gewiß als Zeichen meiner Reife an, die er selbst vorangetrieben hatte, daß ich ihn so bereitwillig mit meiner kleinen Schwester zu teilen in der Lage war.

Das war niemals zuvor von mir verlangt worden. Spinny war immer Mutters Liebling gewesen. Als sie geboren wurde, war ich drei Jahre alt, und ich erinnere mich noch deutlich daran, wie man mir angekündigt hatte, daß ich einen kleinen Bruder oder eine kleine Schwester als ›Spielgefährten‹ bekommen würde. So hatte Mutter es mir schmackhaft zu machen versucht, und ich glaubte ihr blind. Welches Kind würde schon an den Worten seiner Mutter zweifeln?

Die Wirklichkeit sieht dann so aus, daß die ältere Schwester das Neugeborene nicht einmal anfassen darf, denn wie sollte sie wohl mit ihm ›spielen‹, mit diesem Eindringling, der ihr auf einmal die Liebe ihrer Eltern stahl? Sie würde ihn doch am liebsten zu Tode prügeln, ihm mit den Füßen das kleine Gesicht zerstampfen oder den wehrlosen kleinen Körper in den Fluß werfen und zusehen, wie die Strömung ihn erfaßt und fortträgt. Das sind nämlich die Spiele, die man mit seinen Geschwistern zu spielen bereit wäre, sobald sich die Gelegenheit dazu ergäbe.

Sie ergab sich für mich nicht. Luke war stets ein aufmerksamer Vater.

»Den Mann gibt es nicht, der mitten in der Nacht aufsteht, wenn sie schreien«, behauptet Rosemary. »Dafür ist und bleibt die Frau zuständig und all das Gerede von der Gleichberechtigung wird daran nichts ändern.«

Luke war eine Ausnahme. Ich kann mich nicht daran erinnern, je Windeln getragen oder mich beschmutzt zu haben, aber man hat mir erzählt, daß dem so war und daß Luke mich umzog und wickelte, wenn ich weinte. Mutter hat es mir erzählt, und ich muß gestehen: Von dem Augenblick an, als sie mir lachend erklärte, daß ich wie alle Babys in die Windeln gemacht hatte, kühlte sich meine Liebe zu ihr merklich ab. Luke hat niemals auch nur die geringste Anspielung darauf gemacht; er hat nur gesagt, daß er mich oft getröstet, auf den Arm genommen und gewiegt hat, wenn ich geschrien habe. Daran kann ich mich sehr wohl erinnern; obwohl es gewesen sein muß, noch bevor ich sprechen lernte. Als Spinny dann auf die Welt gekommen war und Mutters ganze Aufmerksamkeit beanspruchte, kam Luke jedesmal zu mir, wenn ich nachts wach wurde und weinte. Ich wurde sein Kind, und Spinny war Mutters Liebling. So ist es bis heute geblieben, aber nun muß er versuchen, auch ihr einen Platz in seinem Herzen einzuräumen.

Er tat, worum ich ihn gebeten hatte, und saß Abend für Abend an ihrem Bett und hielt ihre Hand. Ein- oder zweimal betrat ich leise das Zimmer. Die Lampe im Flur brannte, aber Luke saß im Dunkeln. Im Dämmerlicht konnte ich sein helles Haar erkennen, sein Profil, die gerade Linie seines Rückens, den angewinkelten Arm, und die schlanke feinnervige Hand, die lose Spinnys plumpe Kinderhand umschloß. Er wirkte wie aus Bronze gegossen und erinnerte mich an die Statuen von Bernini, die wir in Rom gesehen hatten. Ich konnte erkennen, wie Spinnys Augen sich öffneten; die Lider zuckten, und sie drehte leicht den Kopf in Richtung auf Mutters Foto, das auf dem Nachttisch neben ihrem Bett stand.

Ich entfernte mich auf Zehenspitzen und zog mich vom hellerleuchteten Flur in die dunkleren Bereiche des Hauses zurück. Ich ging – wie so oft am Abend – durch die stillen Räume, lauschte und schaute und versuchte, mit den Augen das Dunkel zu durchdringen, oder blickte durch das Fenster auf den großen verlassenen Vorplatz und an den mächtigen Mauern der Kathedrale empor, die wegen des Osterfestes in gleißendes Flutlicht getaucht war. Manchmal horchte ich mit angehaltenem Atem auf jene Flüsterstimme, aber nichts regte sich. Unser Haus ist immer sehr still, denn keiner von uns macht sich etwas aus Musik. Luke war es gelungen, Mutters Begeisterung für Mozart zu dämpfen, und er schien erleichtert, als der Plattenspieler eines Tages seinen Dienst versagte. Er hat Rosemary und Sheila verboten, ein Radio mitzubringen, und wann immer Handwerker ins Haus kommen, wird vertraglich festgelegt, daß sie keine Transistorgeräte ins Haus bringen dürfen. Diese solide gebauten, alten Häuser lassen nicht den geringsten Laut von außen hereindringen, auch von unseren Nachbarn hören wir nie etwas.

Ich blickte auf die Pflastersteine hinunter — sie werden bei uns ›Herzen‹ genannt, weil sie in Form und Größe dem menschlichen Herzen gleichen —, Steine, die vor Jahrhunderten von der Küste Newhavens hierher geschafft worden sind. Ich sah den Schatten der Katze auf den Steinen, noch bevor die Katze selbst in mein Blickfeld kam. Sie war eine dieser schwarz-gelben Katzen, in deren Fell die Farben ineinander verlaufen. Sie gehörte Mrs. Cyprian, der Frau eines unserer Domherren. War das die Katze, die Spinny durchs Fenster in ihr Zimmer kommen sehen hatte?

An diesem Abend stand ich am Fenster und sann über Himmel und Hölle nach. Ich glaube, daß es unter den zahllosen Definitionen keine gibt, die sinnvoller wäre als die andere, denn was für die einen der Himmel ist, kann für andere die Hölle sein. Ich stellte mir den Mäusehimmel als einen nie leer werdenden Getreidespeicher vor, in dem sich die kleinen Nager Tag für Tag ungestört an den verschiedensten Körnern sattfressen konnten. Für Katzen müßte dieses Paradies jedoch die Hölle sein, wenn sie in winzigen Käfigen ringsherum an den Wänden der Kornkammer eingesperrt wären. Ohne Wasser, ohne Nahrung und ohne Hoffnung auf ein Entkommen würden sie bis in alle Ewigkeit dazu verdammt sein, die vergnügte Mäuseschar zu beobachten und von ihr schadenfroh beobachtet zu werden. Es mag sein, daß sich manche Menschen den Himmel als einen Platz erträumen, an dem sie reichlich zu essen und zu trinken haben, genüßlich vor dem Fernsehgerät sitzen, endlos Musik hören von Plattenspielern, die niemals versagen oder den Geliebten umarmen und von ihm umarmt werden. Für Luke und mich wäre dieser Ort die Hölle, und es käme der ewigen Verdammnis gleich, wenn wir solchem Treiben zuschauen und zuhören müßten.

Er kam und stellte sich dicht neben mich. Meine beunruhigenden, düsteren Gedanken schienen wie ausgelöscht. Ich war erfüllt von einem tiefen inneren Frieden, von grenzenlosem Vertrauen.

»Ich denke, wir sollten eine Zeitlang fortgehen«, sagte er, »Urlaub machen.«

»O ja«, antwortete ich. »Das wäre wunderbar.«

»Bevor das neue Semester beginnt.«

Es würde zum erstenmal sein, daß wir allein fortführen – Luke und ich! Florenz, dachte ich, dort möchte ich hin, oder in eine der kleineren, weniger überlaufenen Städte Italiens – Verona oder Urbino. Luke und ich würden Arm in Arm am Ufer des Arno (oder Adige) entlangwandern und auf die ferne Silhouette der Kuppeln und Campanili blicken, würden tagelang die Marmorstufen der Bildergalerien unter unseren Füßen spüren und die Kühle und Stille der unterirdischen Gruften in den Basiliken genießen. Die Passanten würden uns für Bruder und Schwester halten – ein junges Mädchen am Arm ihres älteren Bruders – eine Vorstellung, die mir zutiefst behagte.

Aber ich war reifer, als es meinem Alter entsprach, verantwortungsbewußt, einsichtig. Ich war kein Kind mehr, das — selbst auf Kosten anderer — alles haben wollte.

»Wir müssen Spinny mitnehmen«, sagte ich.

Es war zu dunkel, um sein Gesicht zu erkennen. Ich war einen Kopf kleiner als er und mußte zu ihm aufblicken. Ich sah ihn an, denn ich spürte, daß er mir den Kopf zugewandt und möglicherweise sogar einen leisen Seufzer ausgestoßen hatte — ein Ausdruck seiner Enttäuschung? Des Unwillens? Ich las in seinen Gedanken.

»Ich weiß, Luke, aber uns bleibt keine andere Wahl.«

»Natürlich kommt Spinny mit«, antwortete er. »Mit ›wir‹ meinte ich uns drei, dich, Spinny und mich.«

Ich lächelte ihm in der Dunkelheit zu. Was macht es schon, wenn eine Stimme lügt, die nichts anderes ist als eine Manifestation, eine unerläßliche Funktion des Körpers? Seine Seele kann mich nicht täuschen. Ich verließ schweigend das Fenster, und er folgte mir. Wir saßen noch etwa eine Stunde in seinem Arbeitszimmer beisammen und lasen; dann ging ich zu Bett. Luke mußte mir niemals sagen, wann es für mich an der Zeit war, schlafenzugehen. Er wußte, daß er sich auf meine praktische Vernunft verlassen konnte, die mich bewog, ihm auch ohne Aufforderung um Punkt halb zehn eine gute Nacht zu wünschen und mich in mein Zimmer zurückzuziehen. Ich saß in der einen Ecke des Ledersofas, Luke in der anderen. Ich kann mich nicht mehr genau erinnern, was ich las; vielleicht war es ein Buch von Sheridan Le Fanu oder *Der Mönch* von Horace Walpole. Luke blätterte in Kardinal Newmans *Apologia pro vita sua,* das er sicher zum zwanzigsten Mal studierte. Er holte es immer dann hervor, wenn er besorgt oder unglücklich schien, aber er sucht nicht nur Trost in den Worten, sondern liebt das Buch auch deshalb, weil er den Verfasser bewundert und seine Gedanken nachvollziehen kann. Wohl deshalb hatte er heute abend dieses Werk gewählt, denn es gab nichts, worüber er besorgt oder unglücklich hätte sein müssen.

Der Sommer verging und mit ihm mein sechzehnter Geburtstag. Wir fuhren nach Verona und später, im August, nach Frankreich. Als wir zurückkamen, ließ Luke auf Mutters letzte Ruhestätte im Friedhof neben der Kathedrale einen Stein aus Granit setzen, der die Inschrift trug: *Hier ruht Anne, meine geliebte Frau, Mutter von Elvira und Despina;* dann folgten ihre persönlichen Daten und ein entsprechender Text aus den Apokryphen.

Spinny trat im Herbst in die Schule über, die auch ich besuchte. Großmutter wollte mit uns zusammen die Schuluniform einkaufen, obwohl ich diese Aufgabe auch ohne sie bewältigt hätte. Nicht, daß es mir Spaß macht, etwas zum Anziehen einzukaufen. Mode langweilt mich, und ich habe nie eingesehen, warum man mehr als ein Kleidungsstück für alle Tage, eines für sonn- und feiertags und der jeweiligen Jahreszeit entsprechende Mäntel braucht, um sich vor Kälte und Nässe zu schützen. Die Sucht, sich herauszuputzen, ist eine der wohl unseligsten und erniedrigendsten menschlichen Schwächen.

Habe ich gesagt, wir hätten in unserem Haus keine Spiegel? Das entspricht nicht ganz der Wahrheit, denn es gibt einen kleinen Spiegel im Bad, einen dreigeteilten auf der Ankleidekommode in Mutters Schlafzimmer, und ich glaube, Spinny besitzt einen silbernen Handspiegel, den Großmutter ihr einmal geschenkt hat. Aber das ist schon alles; nicht eben viel für ein Haus mit vier Stockwerken und sechs Schlafzimmern.

Ich finde keinen Gefallen daran, mein Gesicht jeden Tag im Spiegel zu betrachten, obwohl man sagt, es sei schön. Wenn es (wie ich oft zu hören bekam) Lukes Gesicht gleicht, muß es schön sein. Mein Haar kann ich auch ohne Spiegel sehen, denn es reicht mir bis zur Hüfte. Es wurde noch nicht geschnitten – kein einziges Mal –, ausgenommen, daß ich selbst gelegentlich mit Mutters kleiner Schere die Spitzen abschneide. An dem Tag, an dem wir für Spinny den Rock und den Blazer kauften, konnte ich nicht umhin, mich selbst einen Moment lang in einem der Ankleidespiegel zu betrachten, die in großen Kaufhäusern an jeder Ecke aufgestellt sind. Ich blieb stehen (während Großmutter und Spinny mit der Verkäuferin über die Länge, die Nähte und die Haltbarkeit sprachen) und prüfte mit kritischem Blick mein Spiegelbild, betrachtete die äußere Hülle, in der meine Seele wohnt. Ich war gewachsen. Mein Kopf war vorher etwa in Höhe von Lukes Herzen gewesen, nun mußte ich ihm bestimmt bis an die Stirn reichen. Das war mir nicht neu; weniger bewußt war mir hingegen meine extreme Abmagerung. Ich war fast so schmal und ätherisch, wie ich es mir immer gewünscht hatte: von elfenhafter, nahezu transparenter Gestalt, die aus einer geheimnisvollen Materie, die eher an Perlen, Dunstschleier und Seide erinnerte, als aus Fleisch und Blut zu bestehen schien. Blut – wie ich diese Substanz und dieses Wort hasse! Ich träume davon, einen Zustand zu erreichen, in dem kein Blut mehr fließt, wenn ich mich steche, außer vielleicht einer klaren, schimmernden Flüssigkeit – etwa wie ein Tautropfen.

»Das wäre geschafft«, sagte Großmutter. »Jetzt laßt uns irgendwo Tee trinken. Du hast die Wahl, Spinny. Wohin möchtest du?«

Spinny entschied sich natürlich für das *Carey's* – ein Cafe, in dem es Cremeschnitten und echte Sachertorte gibt. Sie war nicht einmal dreizehn und wog jetzt schon mehr als ich.

Ich trank ein wenig Tee und aß ein kleines, trokkenes Biskuit dazu.

»Ich habe reichlich zu Mittag gegessen«, erklärte ich.

Es waren nur meine Stimme, mein Körper, die logen. Spinny sah mich an, verzichtete aber auf eine Bemerkung.

»Dein Vater war genauso dünn, als er so alt war wie du«, sagte Großmutter. »Du scheinst nach ihm zu geraten. Dabei hatte er einen enormen Appetit. Er könnte spielend ein ganzes Pferd verspeisen, pflegte euer Großvater zu sagen, ...und den Reiter dazu.«

Spinny lachte. Ich möchte wissen, was die Leute an kannibalistischen Bemerkungen immer so amüsant finden. Eine Variation dieses Themas, bei der stets Lacherfolge erzielt werden, ist der Witz über den unseligen Missionar, den die Eingeborenen in den Suppenkessel werfen. Und jetzt möchte ich Ihnen ein Geheimnis verraten, das bisher niemand kennt: Die Menarche ist bei mir noch nicht eingetreten. (Ich ziehe diesen Ausdruck vor; alle anderen sind mir widerwärtig.) Ein- oder zweimal vor Mutters Tod zeigten sich bereits die ersten Symptome der Fortpflanzungsfähigkeit mit all ihren Schrecken: Blut, ekelerregenden Absonderungen und Gerüchen, Schmerzen... Ich ertrage es nicht, mehr davon niederzuschreiben. Dann, als Mutter tot war, lag die Entwicklung in meinen Händen, war meine eigene Willensentscheidung. Ich stellte fest, daß ich dafür sorgen konnte, nie wieder damit zu tun haben zu müssen; ich brauchte nur zu hungern, dann blieb mir diese Qual erspart, da ich keinen überflüssigen Tropfen Blut mehr im Körper hatte. Wer sollte es schon bemerken? Wer würde lästige Fragen stellen? Luke nicht, nein, niemals; Luke selbst scheint kaum aus Fleisch und Blut zu bestehen, er ist ganz Geist, ein Gebilde aus Luft und Feuer. Seine langen, feingliedrigen, weißen Hände erinnern an die Gemälde von El Greco; seine Haut ähnelt einem kostbaren Pergament; seine Lippen sind so blaß wie die weiße Rose aus meinem Bukett, die ich Tage später verwelkt auf seinem Schreibtisch fand.

Habe ich den Eindruck erweckt, als ob Luke, Spinny und ich in unserem Haus, inmitten der herzförmigen Pflastersteine der Lady Lane, von der Außenwelt abgeschnitten lebten? Nur wir drei, ohne jede Gesellschaft, bis auf gelegentliche Besuche unserer Großmutter und der beiden Frauen, die das Haus besorgen? So war es natürlich nicht. Wir hatten selbstverständlich Freunde. Zu Lukes Bekanntenkreis zählten einige Kollegen von der Universität und seine Amtsbrüder. Als Mutter noch lebte, gaben sie zahlreiche Dinnerpartys, besuchten Feste,

Theater in London oder Chichester und führten, was man im allgemeinen ein geselliges Leben nennt. Mit Mutters Tod endeten diese Zerstreuungen für eine Weile. Ich muß gestehen, daß mir die Stille und die relative Abgeschiedenheit mehr zusagten: Luke und ich sitzen dicht beieinander und lesen einen griechischen Text; ich sitze dabei und höre zu, wenn Luke Spinny Lateinnachhilfe gibt – für ihn ist es ungeheuer wichtig, unsere klassische Bildung zu vervollkommnen, damit wir ein Niveau erreichen, das uns die Schule nie vermitteln kann – oder ich diskutiere mit ihm über einen theologischen oder philosophischen Text, wobei er mich nur selten verbessert oder gar kritisiert, oder ich lege ihm meine Aufsätze in Englisch oder Geschichte vor – ihm, der einfühlsamer, kritischer und strenger ist als jeder andere Lehrer, den ich kenne. All das bedeutet mir mehr als der Kontakt mit der Außenwelt oder die Gesellschaft von Gästen. Spinny war anders. Sie brachte ihre Freunde nach Hause, und Rosemary war entzückt, sie mit Tee, Käsetoasts, Fischpasteten oder Madeirakuchen zu bewirten. In ihren Augen machte uns das erst zu einem normalen Haushalt.

»Armes Lämmchen«, pflegte sie mit verdrehten Kuhaugen und hängenden Mundwinkeln zu sagen, »armes Lämmchen, mußt abends deinen Kopf noch mit so viel Latein vollstopfen, nachdem du schon den ganzen Tag gelernt hast! Das ist eine wahre Schande.«

»Wie eigenartig«, erwiderte ich, »für mich ist es ein Privileg.«

»Sarkasmus ist ein Zeichen von mangelndem Denkvermögen«, konterte sie.

Ich fragte sie natürlich, was ihrer Meinung nach von brillantem Denkvermögen zeuge, aber eine Antwort konnte man von ihr ja wohl nicht erwarten.

Luke war häufig außer Haus; er hatte auch früher schon oft bis nachts in der Universität gearbeitet oder war nach dem Abendessen noch einmal dorthin zurückgekehrt. Nach Mutters Tod stellte er diese Gewohnheit zunächst ein, aber ein Jahr später war alles wieder wie früher. Ich akzeptierte seine Abwesenheit, ohne Fragen zu stellen, obwohl ich darunter litt. Wir hatten begonnen, gemeinsam die *Antigone* zu lesen, aber anstatt mich alleine mit Sophokles zu beschäftigen, half ich Spinny lieber bei ihren Lateinaufgaben oder faulenzte vor mich hin, während ich mich in Zukunftsträumen erging. Ich hatte fest umrissene Pläne. Einen Beruf zu ergreifen und Karriere zu machen, schien mir wenig wünschenswert. Natürlich würde ich die Universität besuchen, aber die meines Heimatortes. Oxford oder Cambridge kamen nicht in Frage, denn ich war noch nie von zu Hause fortgewesen, außer, wenn wir uns bei Großmutter aufhielten oder gemeinsam verreisten. Abgesehen von den letzten Tagen vor Mutters Tod, als wir bei Großmutter wohnten, habe ich nicht eine einzige Nacht von Luke getrennt verbracht, und ich sehe auch nicht ein, wozu das gut sein sollte. Ich wünsche mir, bis in alle Ewigkeit zu studieren, für irgendein Examen zu arbeiten oder an meiner Doktorarbeit zu schreiben, und stets unter einem Dach mit Luke zu leben. An dem Buch mit dem Titel ›Neuschöpfung‹, das er zu schreiben beabsichtigt, werde ich mitarbeiten, und es wird das aufsehenerregendste theologische Werk des Jahrhunderts sein. Spinny würde natürlich heiraten. Sie hat schon mit dreizehn ihren ersten Freund, einen sommersprossigen Jungen mit einem Adamsapfel, der wie ein Dorn aus seinem Hals hervorsteht. Er holt sie manchmal von der Schule ab und geht mit ihr in den Jugendclub zum Tischtennisspielen.

So manchen Abend habe ich allein verbracht und nachgedacht. Dabei lausche ich (aus rein akademischer Neugierde) auf Schritte, die trotz der Teppiche zu hören sein sollen, oder auf die flüsternde Stimme. Einmal an einem Abend – dem einzigen, den Luke während dieser ganzen Woche zu Hause verbrachte – erzählte er uns vom Geist der Katze, der in unserem Haus umgeht. Er hatte die Geschichte schon vor geraumer Zeit in irgendeinem alten Archiv entdeckt, uns jedoch vorenthalten, weil er Spinnys Ängste nicht noch schüren wollte. Aber es war nun schon eine Weile her, daß sie die Katze gesehen hatte.

»Ich weiß nicht, ob es euch bekannt ist«, begann Luke, »aber im Mittelalter, als man mit dem Bau unseres Hauses begann, war es Sitte, in das Fundament einen Tierkadaver – eine tote Katze, Ratte oder einen Hasen – einzumauern, denn es herrschte damals der Aberglaube, daß dieser Ritus dem Haus und seinen künftigen Bewohnern Glück bringen würde. Es heißt – und die Angaben stammen aus gesicherter Quelle –, daß man in den Grundmauern dieses Hauses eine Katze begrub – ihren Kadaver natürlich –, eine Katze, die zu Lebzeiten einer stadtbekannten Hexe, der Grünen Margery, gehört hatte.«

»Sie war doch keine richtige Hexe, oder?« fragte Spinny.

»Die Leute hielten sie dafür. Sie glaubten, daß sie einen Fluch über dieses Haus verhängte, als sie entdecken mußte, daß man ihre Katze gefangen, getötet und eingemauert hatte. Sie prophezeite, daß die Katze im Haus herumspuken würde, solange es stünde, oder bis man das Skelett wieder ausgegraben hätte, wo immer es auch eingemauert sein möge.«

Ich fragte ihn, was aus ihr geworden sei; mehr, um Spinny zu erheitern als aus wirklichem Interesse.

»Matthew Hopkins, den man den Hexentreiber nannte, kam aus Essex zu uns. Er spürte die Grüne Margery auf; man machte ihr den Prozeß und hängte sie. Mehr ist darüber nicht bekannt, weder wann und wo und erst recht nicht« — und hierbei lächelte er Spinny zu — »um welche Art von Katze es sich handelte.«

»Die Katze war schwarz«, sagte Spinny.

Versuchte Luke, mich zu täuschen? Oh, ich meine nicht, was diese Geschichte von Hexen und Katzen betrifft. Belog er mich über die Abende, die er außer Haus verbrachte? Nein, ich glaube nicht. Aber wer nur die halbe Wahrheit sagt und den Rest verschweigt, macht sich ebenso einer Lüge schuldig. Die Tür zu seinen geheimsten Gedanken mußte sich wohl geschlossen haben, und ich kannte die Zauberformel nicht, die mir Einlaß gewährte; ich ahnte damals nicht einmal, daß sie mir versperrt war und glaubte, griechische Pentameter und theologische Streitfragen seien das einzige, was ihn bewegte. Als

ich spürte, daß er mich ausschloß, nahm ich in meiner Einfalt an, dieser unzugängliche Teil seiner Gedanken befaßte sich dennoch mit mir und allem, was mich betraf, zum Beispiel mit meiner Gesundheit. Daß es jemand anderen geben könnte, der diesen geheimsten Winkels seines Ich ausfüllte, wäre mir niemals in den Sinn gekommen.

Die Gäste, die zu unserer Dinnerparty erwartet wurden, hatte Luke selbst eingeladen. Das hätte mich eigentlich mißtrauisch machen sollen, aber ich blieb arglos. Ich nahm an, daß er mich mit sechzehn für zu jung hielt, um die Pflichten einer perfekten Gastgeberin zu erfüllen, oder vielmehr glaubte, unsere Gäste könnten mich für zu jung halten. Er teilte mir mit, wen er einzuladen gedachte. Wir saßen uns am Tisch seines Arbeitszimmers gegenüber und wollten gerade mit der Lektüre der *Antigone* beginnen. Ich kann leichten Herzens Edgar Allan Poe aus der Hand legen, wenn es darum geht, mit Luke etwas zu erarbeiten, das mich intellektuell mehr fordert.

Er öffnete das Buch. »Bevor ich es vergesse, ich muß dir noch sagen, wer bei uns zu Gast sein wird«, sagte er. »Ich habe selbstverständlich das Ehepaar Cyprian eingeladen und zwei Mitglieder unserer Fakultät, die du noch nicht kennst, Dr. Bulmer und Dr. Leonhard.«

Ich weiß noch, wie ich dachte, daß sicher die Hälfte der Gäste das Recht hätte, in scharlachroter Robe zu erscheinen, denn es waren alles Promovierte. Dann kam mir (in meiner Unschuld) noch kurz der Gedanke, daß mehr männliche als weibliche Gäste erscheinen würden, aber dieses Mißverhältnis interessierte mich im Grunde wenig. Ich brannte darauf, mit der Lektüre zu beginnen. Die erste Zeile, die ich las, war — welche Ironie des Schicksals — Antigones Antwort an Kreon:

»Dein Machtspruch birgt den Tod in sich: den Klang des Todes.«

Sheila kam ins Haus, um die Dinnerparty vorzubereiten; aber es gab wenig zu tun, denn Luke kaufte geräucherten Lachs und Erdbeeren, die lediglich auf Platten angerichtet werden mußten. Ich kann mich nicht an den Hauptgang erinnern. Essen langweilt mich, ebenso wie Kleidung, was ich ja bereits erwähnte. Aber sie ist ein notwendiges Übel, und als Spinny vorschlug, uns zusammenpassend anzuziehen, willigte ich natürlich ein. Wir besaßen ohnehin beide sehr ähnliche weiße Kleider, die anläßlich unserer Konfirmation angefertigt worden waren — ihres vor einem Monat, meines vor drei Jahren. Es paßte noch immer — es war mir inzwischen sogar etwas zu weit —, nur der Saum, der früher meine Waden bedeckt hatte, reichte mir jetzt kaum mehr bis zu den Knien. Wir trugen blaue Schärpen, die wir aus einem Kleid unserer Mutter machten: wir rissen es einfach in Streifen und schlugen die ausgefransten Kanten nach innen ein. Ich kann nicht nähen. Spinny ist im vergangenen Jahr ziemlich gewachsen; sie reicht mir inzwischen bis an die Schulter. Ihre braunen Locken bedecken den halben Rücken, während mein frisch gewaschenes und sorgfältig gebürstetes langes goldblondes Haar mich an diesem Abend wie ein schimmernder Umhang einhüllte.

Rosemary öffnete die Tür. Ich finde, es macht keinen guten Eindruck, wenn man die Gäste selbst an der Tür empfängt. Ich hatte sie gebeten, eine weiße Schürze zu tragen, aber sie lehnte unverständlicherweise ab.

»Ihr könnt ja meinetwegen im 18. Jahrhundert leben«, meinte sie grob, »aber wir nicht. Die Tage der Sklaverei sind vorbei.«

Es war ein wundervoller Abend; die großen Flügelfenster waren weit geöffnet und gaben den Blick auf den Garten frei, der von einer hohen Mauer umgeben ist. Lukes Narzissen stammen aus unserem eigenen Garten. Im April entfalten Scylla und verschiedene Zwergtulpensorten ihre üppige Farbenpracht, aber im Sommer blühen hier ausschließlich Rosen. Meerschaum und Goldschauer und Albertinen bedecken die Mauern wie ein Teppich, während auf den Rabatten die Teerosen ihren betäubenden Duft verströmen, dann die Buschrosen Allotria und Europeana, die William-Lobb-Moosrose und die Hybriden wie die Agnes. Das Blau des Himmels war mit filigranen Federwolken übersät, die zarten Rosenblättern glichen, und oberhalb des blütenbehangenen Mauerwerks zeichnete sich die Westfront der Kathedrale ab, deren Türme höher sind als die von Wells und den Eindruck größerer Symmetrie und Ausgewogenheit vermitteln. In den Nischen gibt es insgesamt 422 Statuen von Engeln, Erzengeln, Aposteln und Heiligen, die im Licht der untergehenden, doch noch immer gleißenden Sonne aufleuchten.

Wir warteten auf das Eintreffen der Gäste. Meine Gedanken schweiften wieder einmal zu den Gemälden der Viktorianischen Epoche ab: Wir hätten wiederum ein reizvolles Motiv abgegeben, etwa unter dem Motto ›Der Witwer und seine Töchter‹. Ich glaubte, in Lukes Zügen einen Anflug von Besorgnis und gespannter Erwartung zu lesen, wie er so dastand zwischen Spinny und mir, beide in unseren weißen Kleidern, um den Hals jede ein schlichtes Goldkreuz an einer dünnen Kette. Später war mir klar, daß sein Blick voller Angst gewesen war, Angst vor mir.

Dr. Cyprian und seine Frau trafen als erste ein. Er ist einer der hiesigen Stiftsherren, unscheinbar und ohne Einfluß, der sein zeitgemäßes Aussehen durch einen Backenbart und lange Haare zu betonen versucht, damit aber lediglich wie ein Geck wirkt. Sie gehört zu den Frauen, die sich unmäßig herausputzen müssen. Jeder Zentimeter ihres Körpers ist Blendwerk, angefangen von den gebleichten Haaren und angemalten Augen bis hin zu den weißen Spitzenstrümpfen und Riemchen-Sandaletten, die so hochhackig sind, daß sie darin nur tänzeln kann wie eine feurige Stute. Wir ließen es zu, daß sie uns alle drei mit einem flüchtigen Kuß auf die Wange begrüßten, wie es die gesellschaftlichen Gepflogenheiten erfordern; zum Glück merkte niemand, daß ich versuchte auszuweichen, denn in diesem Augenblick kündigte Rosemary Dr. Trewynnes Ankunft an. Er ist unser Hausarzt, ein nicht promovierter Mediziner — also gar kein richtiger Doktor —, und er fixierte mich auf der Stelle mit dem prüfenden Blick eines Blutsaugers.

»Wenn du so weitermachst, Elvira«, sagte er, »dann wirst du uns wohl nicht mehr lange erhalten bleiben. Ich empfehle dir, ein Glas von diesem köstlichen Oloroso zu trinken.«

Ich lehnte lächelnd ab. Er stopfte sich eine Handvoll Nüsse in den Mund.

»Ganz im Ernst, meine Liebe, es wäre gar keine schlechte Idee, wenn du in den nächsten Tagen einmal in meiner Praxis vorbeikämst. Ruf an und laß dir einen Termin geben, und ich werde zusehen, daß ich dich drannehmen kann, wenn ich mit den anderen Patienten fertig bin. Was meinst du dazu?«

»Das mag keine schlechte Idee sein, aber auch keine besonders gute. Ich denke, man könnte es als eine zweischneidige Idee bezeichnen.« Ich fand meine Antwort scharfsinnig und war sehr zufrieden.

»Manchmal möchte man meinen, du wirst eines Tages noch pedantischer und spitzfindiger als dein Alter Herr«, sagte er, was ich als Unverschämtheit empfand, denn schließlich trank er Lukes Sherry.

Es läutete, und ich erinnere mich noch, wie ich dachte, daß ja noch zwei weitere Gäste erwartet wurden, die Universitätskollegen Dr. Bulmer und Dr. Leonhard. Rosemary führte sie ohne Ankündigung herein. Sie kannte ihre Namen nicht und hätte es vermutlich als Frondienst betrachtet, sie danach zu fragen. Luke, der gerade mit Mrs. Cyprian auf der Terrasse plauderte, stürmte mit ungewohnter, geradezu ungebührlicher Hast in den Raum. Der Mann, Dr. Bulmer — sein Vorname ist Alan —, machte auf mich wenig Eindruck. Er ist absolut nichtssagend, blaß, schmal, kurzsichtig und schüchtern. Die Frau — ja, unser anderer, unser letzter Gast war eine Frau — was könnte ich über sie sagen? Ich könnte Bände über sie schreiben oder gar nichts. Im Augenblick nichts, außer, daß sie jung war, vielleicht neun oder zehn Jahre älter als ich, und daß ich vom ersten Moment der Begegnung an wußte, wer und was sie war und warum er sie eingeladen hatte.

Ich wußte es, als ich Lukes Verlegenheit, seine Besorgnis, seine ängstliche Nervosität bemerkte. Er schien – wider alle Gewohnheit – völlig aus der Fassung geraten zu sein und die Beherrschung über sich verloren zu haben; das Tor zu seinen Gedanken war weit aufgestoßen, und es fiel mir nicht schwer, sie zu lesen. Es war alles so offensichtlich, daß ich mich fragte, warum die anderen es nicht genauso mitbekamen, welche unselige Leidenschaften und Begierden da mit flammenden Lettern eingebrannt waren – aber sie schienen blind dafür zu sein. Ihre Mienen änderten sich nicht, blieben abwartend, fragend, deuteten höfliches Interesse an; und Spinnys Ausdruck war so unschuldig und arglos, daß ich trotz des Schmerzes, der mich wie ein glühender Lavastrom durchfuhr, von einer Welle der Zärtlichkeit und Zuneigung zu ihr erfaßt wurde.

Ja, ich litt unsäglich. Ich will beschreiben, was ich empfand: Es war, als ob meine Seele zu einer der Kalksteinfiguren an der Westfront der Kathedrale erstarrte, die von einem fühllosen, unfähigen Restaurator mit einer Spitzhacke zerstückelt wurde, der die Oberfläche so lange bearbeitete und aller sichtbaren Unebenheiten beraubte, bis schließlich nur noch ein glattes, unkenntliches Nichts zurückblieb. Ich spürte, wie mein Herz in tausend Splitter zerbarst, und jeder einzelne trug einen Teil meines Ich in sich, meines Schmerzes, meines innersten Wesens, das langsam zu Staub, zu Schatten zerfiel. Ich fürchtete, ohnmächtig zu werden.

Die Hand, die ich ihr reichte, war eiskalt. Ich hörte, wie Luke ihren Namen nannte.

»Das ist Mary Leonhard.«

Was mag es nur sein, das ihn zu diesen nichtssagenden Frauen mit diesen nichtssagenden Namen zieht? Zuerst Anne, jetzt Mary.

»Ich habe gehört, daß du eine große Liebhaberin der Klassischen Literatur bist«, waren die ersten Worte, die sie an mich richtete.

Ich lächelte, das heißt, meine Lippen teilten sich mechanisch und entblößten die Zähne.

»Und außerdem noch vielseitig, wenn du das Menü für die Dinnerparty zubereitet hast.«

»Das gehört nun einmal zu den Aufgaben einer Frau«, erwiderte ich lächelnd und zeigte meine Zähne.

Ich erinnere mich kaum noch an die Gespräche, die an diesem Abend geführt wurden, geschweige denn an das, was wir aßen. Ich richtete nicht ein einziges Mal das Wort an meine Tischnachbarn Dr. Trewynne und Alan Bulmer. Fetzen der Unterhaltung drangen an mein Ohr, tauchten auf und verschwanden im Nebel wie Zugvögel auf ihrem Flug in den Süden, verfolgt von den mächtigen Schatten der Raubvögel: unsere Hausgeister, die Renovierungsarbeiten an der Westfront der Kathedrale, Mrs. Cyprians neues Auto, irgendein Student, in den sowohl Luke als auch Bulmer große Hoffnung setzten... Ich erinnere mich, daß sie mit salbungsvollen Worten das Essen lobte, den Raum, das Haus. Mit angehaltenem Atem wiederholte ich im stillen wieder und wieder, und obwohl Dr. Trewynnes Augen starr auf mich gerichtet waren, den Vers:

»Dein Machtspruch birgt den Tod in sich: den Klang des Todes.«

Zwei Wochen später, als die Rosen zu verblühen begannen und Agnes einen weiteren Sommer unser Haus besorgt hatte, teilte Luke uns mit, daß er Mary Leonhard heiraten werde. Er rief uns beide in sein Arbeitszimmer und erklärte, daß er uns etwas Wichtiges zu sagen hätte. Spinny schien sich eingebildet zu haben, daß ein Umzug geplant sei, was sie wegen der Geistererscheinungen sehr begrüßt hätte. Ich wußte, was kommen würde. Ich hatte es von dem Augenblick an gewußt, als sie zum erstenmal über die Schwelle unseres Hauses trat, als er sie auf diese besondere Weise anlächelte und ihre Hand um soviel länger in der seinen hielt, als er es bei Mrs. Cyprian getan hatte.

Er fragte uns als erstes, was wir von ihr hielten. Ich beschloß, nicht zu lügen. Ist es nicht seltsam, daß in den Zehn Geboten nichts über das Lügen geschrieben steht? Vielleicht liegt es daran, daß sich nur schwer erklären läßt, warum lügen falsch ist, auch wenn jeder weiß, wie erniedrigend es oft sein kann. Da ich fest entschlossen war, nicht zu lügen, sagte ich überhaupt nichts. Spinny erklärte, daß Mary Leonhard ihr sehr sympathisch sei, daß sie ihre Augen möge — stellen Sie sich das vor! *Ich* konnte nichts über ihre Augen sagen, außer daß sie klein waren, Lider hatten und ziemlich kurze Wimpern.

»Sie ist eine Intellektuelle«, sagte er. »Sie hat schon mit fünfundzwanzig promoviert. Thema ihrer Doktorarbeit war die Architektur des Dreizehnten Jahrhunderts. Sie zählt heute bereits zu den anerkannten Experten für mittelalterliche Baukunst.«

Er liebte sie also ihrer geistigen Fähigkeiten wegen. Das war es also, denn was hatte sie sonst für Vorzüge? Aber die Erkenntnis, daß er ihren Geist bewunderte, durchbohrte meine Seele wie ein vergifteter Pfeil. Ich hätte auf die Knie sinken und ihn anflehen mögen, davon abzulassen, aber meine Würde, mein Bedürfnis, dem Bild gerecht zu werden, das ich von mir hatte, hielten mich zurück.

»Ich habe ihr einen Antrag gemacht, und sie hat eingewilligt.«

Als ob irgendeine Frau auf der Welt ihm widerstehen könnte!

Spinny sah so begeistert aus, als hätte man ihr einen Ausflug oder ein langersehntes Geschenk versprochen. Sie lief zu ihm und warf die Arme um seinen Hals. Er kannte mich zu gut, um einen ähnlichen Gefühlsausbruch von mir zu erwarten. Ihre Gunst ist leicht zu erringen und daher wenig wert, und obwohl er zuließ, daß sie sich an ihn klammerte, war *ich* es, die er mit flehenden Augen ansah. Auf seiner Oberlippe sammelten sich kleine Schweißperlen. Oh, wie ich es haßte, ihn so zu sehen! Bevor ich zu sprechen begann, schien in meinem Kopf ein Erdbeben, ein Aufruhr stattzufinden, der einer eiskalten Ruhe Platz machte. Sie würde dieses Haus niemals als seine Frau betreten, sie würde ihn niemals heiraten, weder sie noch irgendeine andere, niemals! Wie absurd war es doch gewesen, eine Bedrohung zu sehen, wo es keine Bedrohung gab, geben konnte!

Natürlich küßte ich ihn nicht, noch berührte ich ihn. Die Worte, die ich wählte, kamen von Herzen; in meiner Stimme schwang all die Liebe mit, die ich für ihn empfand, als ich sagte: »Ich wünsche dir für die Zukunft alles Gute, Luke.«

Ich meinte, was ich sagte, und Luke schenkte mir ein dankbares und erleichtertes Lächeln. Er schickte Spinny aus dem Raum, und wir begannen mit der Lektüre.

»Wie unselig dünkt mich
All meines Herzens Wünschen zu entsagen!
Dem Schicksal zu entfliehn liegt nicht in meiner Kraft!«

Schließlich schloß ich das Buch und sagte ihm Gute Nacht. Er streckte mir seine Hand entgegen, und ich glaube, er erwartete, daß ich ihn küßte, aber lächelnd schüttelte ich den Kopf. Hinter der geschlossenen Tür blieb ich einen Augenblick lang stehen und lauschte. Ich hörte, wie er den Hörer des Telefons abnahm und mit zärtlicher, ein wenig atemloser Stimme sagte: »Liebling...?«

Als ich den langen, dämmrigen Flur entlangging, der sich durch das obere Stockwerk unseres Hauses zieht, bemerkte ich plötzlich einen dunklen Schatten, geduckt, sphynxartig. Er richtete sich hoch auf, machte einen Buckel und schoß davon, als ich näherkam. Die Fenster waren der Hitze wegen auch des Nachts weit geöffnet, so daß es für die Katze der Cyprians ein Leichtes gewesen wäre, sich hereinzuschleichen; aber ich hatte nicht bemerkt, daß ihr Fell jemals so dunkel gewesen war. Als die Erscheinung um die Ecke bog, die zur hinteren Treppe führt, drang aus Spinnys Zimmer ein markerschütternder Schrei.

Ich lief zu ihr. Sie saß im Bett und streckte mir die Arme entgegen.

»Ich habe die Stimme gehört«, schluchzte sie, »ich habe gehört, wie sie flüsterte: Despina, Despina, Despina ...«

Am Tag, nachdem Luke uns seine Heiratspläne mitgeteilt und Spinny die wispernde Stimme gehört hatte, fing ich damit an, all diese Ereignisse niederzuschreiben. Ich hatte vorher schon kurze Geschichten verfaßt, nach Art der Schauerromane von Clara Reeve oder Ann Radclyffe; aber mein Ideenreichtum hatte sich erschöpft, verbraucht, und wohl deshalb wandte ich meine Aufmerksamkeit dem wirklichen Leben — unserem Leben — zu. Ich schrieb und schrieb, bis ich ganz erschöpft war, dann legte ich den Füllfederhalter aus der Hand und las, suchte Zuflucht und Vergessen in den Werken von Edgar Allan Poe, den ich erst kürzlich entdeckt hatte. Ich frage mich, ob Poe meinen Stil wohl beeinflußt hat?

Es würde mir nichts ausmachen, denn Poe ist ein großer und berühmter Schriftsteller. Ich liebe seine langen Sätze und die mehrsilbigen Worte, seine düsteren und zugleich brillanten Gedanken. Aber wenn ich so schnell weiterlese wie bisher, werde ich die *Phantastischen Erzählungen* in ein oder zwei Tagen beendet und keinen Trost und keine Zuflucht mehr haben, es sei denn, ich beginne noch einmal von vorn. Aber jetzt will ich das Vergnügen, das Poe mir spendet, noch eine Weile hinausschieben und statt dessen zu meiner Berichterstattung über Luke und mich, Spinny und Mary Leonhard zurückkehren.

Insbesondere Mary Leonhard. Es ist an der Zeit, daß ich sie beschreibe. Sie ist klein, hat glänzendes, braunes Haar, und ihre Haut ist voll mit Sommersprossen. Meine Großmutter besaß einmal einen Dalmatiner, von dem es hieß, er tauge nicht viel, weil die Flecken seines Fells ineinander verliefen, statt sich klar und erkennbar voneinander abzuzeichnen. Mary Leonhards Sommersprossen laufen ineinander über wie die Flecken des Dalmatiners. Abgesehen davon ist sie ganz hübsch und ziemlich schlank, keine dieser Frauen, bei denen die Brüste sich deutlich durch den Stoff des Kleides abzeichnen. Aber sie hat Löcher in den Ohrläppchen und Haarstoppeln an den Beinen, wie ein Kornfeld, das nach dem Einbringen der Ernte darauf wartet, abgebrannt zu werden. Wenn ich auf Mary Leonhards Beine blicke, stelle ich mir vor, wie es wäre, ein Streichholz zu entzünden und die Stoppeln abzusengen.

»Ich möchte wissen, warum er sie heiraten will«, sagte ich zu Spinny. »Er kann doch nicht einsam sein. Er hat ja mich.«

»Er hat *uns*«, erwiderte Spinny.

Manchmal stellt sie meine Geduld auf eine harte Probe.

»Nun gut, er hat uns. Einsamkeit kann es also nicht sein. Eine Haushälterin braucht er auch nicht, denn wir haben ja Rosemary und Sheila, und abgesehen davon hat Mary Leonhard mir gesagt, daß sie kaum imstande ist, ein Ei zu kochen.«

»Er möchte mit ihr schlafen«, sagte Spinny.

Bei ihren Worten zuckte ich zusammen. Mich schauderte. Natürlich *glaube* ich ihr kein Wort, denn sie spricht von meinem Vater, der ohne Zweifel ein Wesen ohne sexuelle Wünsche und Begierden ist, wie man es von den Engeln sagt; aber daß sie solche Gedanken hegt, daß sie eine solche Antwort überhaupt erwägt oder vielleicht noch als selbstverständlich betrachtet, ist ungeheuerlich! Ich hüte meine Jungfräulichkeit und werde immer darauf bedacht sein, sie mir zu erhalten. *Ihre* Gedanken, in denen ich mich niemals zu lesen bemüht hatte, müssen wie schleimige, eklige, verrottende Abfälle sein, die in unterirdischen Abwasserkanälen treiben. Und ihr Lächeln zeigte mir, daß sie die Vorstellung — Luke und Mary Leonhard, in intimem Beisammensein — auch noch genoß! Sie scheint diese Frau wirklich zu mögen und ihren Schmeicheleien erlegen zu sein. Arme Närrin, sie vermißt unsere Mutter noch immer und glaubt jetzt, einen Ersatz gefunden zu haben. Ihre Alpträume kamen immer wieder. Sie sah weiterhin diese Katze und hörte die Stimme, die ihren Namen wisperte. Ich suchte schließlich doch Dr. Trewynne auf, nach der regulären Sprechstunde, so wie er es an dem Abend, als wir Mary Leonhard das erste Mal zu Gesicht bekamen, vorgeschlagen hatte.

»Du beehrst mich also doch noch mit deinem Besuch, Elvira«, meinte er in diesem wohlwollenden, gönnerhaften Ton, den Leute seines Alters oft anschlagen, wenn sie mit mir reden.»Und es wurde auch Zeit, möchte ich meinen. Weißt du eigentlich, wieviel du wiegst?«

Ich winkte mit einer ungeduldigen Handbewegung ab und erklärte ihm, daß ich Spinnys wegen zu ihm gekommen sei. Sie könne nicht einschlafen und brauche ein Schlafmittel. Die Geistererscheinungen erwähnte ich selbstverständlich nicht. Würde er bitte so freundlich sein, ihr etwas zu verschreiben?

»Einen Augenblick, junge Dame. Nicht so hastig!«

Er begann, mich mit einem endlosen Monolog zu langweilen. Ich fragte mich insgeheim, ob ich nicht einfach ein Blatt seines Rezeptblockes abreißen sollte, wenn es mir gelänge, ihn zum Verlassen des Raumes zu bewegen, denn zu diesem Zeitpunkt war ich bereits zu der Überzeugung gelangt, daß der Zweck die Mittel heiligt. Er machte jedoch keine Anstalten aufzustehen, und schließlich sagte er, daß er uns einen Besuch abstatten werde und — wenn es ihm dann gerechtfertigt scheinen sollte, würde er Spinny ein leichtes Schlafmittel verschreiben.

Als ich nach Hause zurückkehrte, war Mary Leonhard da und gab vor, Spinny bei ihrem Geschichtsaufsatz zu helfen. Sie blätterte zwei oder drei Seiten des Heftes um, die mit Spinnys runden, kindlichen Schriftzügen bedeckt waren (groß und weit auseinandergezogen, damit sie möglichst viel Platz einnehmen), neigte dann und wann nachdenklich den Kopf und sah die arme kleine Spinny zweifelnd an, bevor sie ihr eine Frage stellte, die wohl nur ein Doktorand beantworten konnte. Wenn Mary Leonhard mit Spinny spricht, sie beispielsweise zu sich bittet oder auch nur aus einiger Entfernung das Wort an sie richtet, trällert sie ihren Namen, so wie bestimmte Darsteller in *Così fan tutte* ihn — wie sie glaubt — in den Arien zu intonieren pflegen.

»O Despina! Olà, Despina!«

Sie kennt die Mozart-Opern mindestens so gut wie unsere Mutter. Spinny lächelt unbehaglich, wenn sie auf diese Weise angeredet wird, und Mary Leonhard hat ihr gesagt, sie solle darauf mit »Le padrone!« antworten.

Was natürlich soviel bedeutet wie »Meine Damen«. Diese Damen sind, ohne Zweifel, Mary Leonhard und ich, denn in Wirklichkeit bin *ich* es, die sie einbeziehen möchte, deren Zuneigung sie sucht. Spinny ist zu leicht zu gewinnen, läßt sich nur allzu willig in ihren Bann ziehen. Und außerdem antwortet sie sowieso nicht; sie kann nicht singen. Sie ist — genau wie ich — völlig unmusikalisch. An diesem Abend, als ich nach dem Besuch bei Dr. Trewynne durch die laue Luft des Sommerabends nach Hause ging, dort Spinny vorfand und sah, wie sie um die Zuneigung der Frau bettelte, von der sie glaubte, daß sie ihre Stiefmutter werden würde; die ihren Namen trällerte und sie über die Geschichte der Bauernrevolte befragte — an diesem Abend richtete sich Mary Leonhard ebenfalls singend an mich.

»Elvira, idol' mio«, trällerte sie mit schrillem Tremolo.

Das konnte ich einfach nicht ertragen.

»Ich wäre Ihnen zu Dank verpflichtet, wenn Sie mich damit in Zukunft verschonen wollten.«

Sie wurde blaß, und die Sommersprossen bildeten dunkle Flecken auf ihrem Gesicht. Oh, sie ist beileibe keine Schönheit, und Spinny muß sich irren! Mary Leonhard rang sich ein gequältes Lächeln ab.

»Es ist mir ernst«, sagte ich.

»Du bist unmöglich, Elvira.«

»Ich lasse mich in meinem eigenen Haus nicht lächerlich machen«, antwortete ich. »Sie werden noch merken, daß Hänseleien in jedweder Form bei uns fehl am Platz sind.«

Sie lächelte nur und suchte Lukes Blick, aber Luke hatte den Raum unbemerkt verlassen, noch bevor unser Wortwechsel begann. Sie machte jedoch nie wieder den Versuch, singend das Wort an mich zu richten; statt dessen begann sie, mir zu schmeicheln, mich regelrecht zu umwerben. Sie bat mich inständig, ihre Brautjungfer zu sein – ein grotesker Gedanke, den Luke zum Glück im Keim erstickte. Aber warum hatte sie mich gefragt, wo sie doch Spinny mit dieser Rolle so glücklich gemacht hätte? Die Lippen meiner kleinen Schwester bebten, und ihre Augen füllten sich mit Tränen. Mary Leonhard fühlte sich daraufhin später bemüßigt, hinzuzufügen: »Dich hätte ich natürlich auch gern gehabt, Despina.«

Aber da war es bereits zu spät: Luke hatte ihren Plänen mit einem unerbittlichen ›Nein‹ ein Ende gesetzt.

Die Hochzeit soll im September stattfinden, in der Kathedrale, und der Dekan wird die Trauung vornehmen. Glauben sie, zumindest. Offenbar haben sie übersehen, daß vom ersten September an die gesamte Westfront der Kathedrale wegen der Renovierungsarbeiten, die eine Woche später beginnen, von einem Baugerüst verdeckt sein wird. Sie scheinen überhaupt nicht auf die Idee zu kommen, daß irgend etwas ihre Pläne durchkreuzen könnte. Ich weiß, daß die Hochzeit niemals stattfindet. Ich werde einen Weg finden, sie zu verhindern.

Gift würde mir gefallen. Die Vorstellung, jemandem, wie zur Zeit der Renaissance, Gift zu verabreichen – verborgen in einem Ring, einem Handschuh oder Fächer –, finde ich erregend, aber ich weiß, daß mir diese Möglichkeit versagt ist, wohingegen ich mir zu den einfallslosen Ersatzmitteln, die unsere Zeit hervorgebracht hat, vielleicht eher Zugang verschaffen kann. Dr. Trewynne war hier, um Spinny zu untersuchen; er hat lange mit ihr gesprochen und ihr ein leichtes Beruhigungsmittel gegeben. Ich denke häufig darüber nach, wie ich ihn dazu bringen könnte, ihr etwas Stärkeres zu verschreiben... Poe könnte mir vielleicht helfen, dachte ich, und ich habe noch einmal *Ligeia, Berenice* und *Morella* gelesen; aber es waren darin nur wenige brauchbare Anregungen zu finden. Ich sprach mit Spinny darüber; ich wollte nicht ohne ihre Zustimmung handeln, sondern sie an meinen Plänen teilhaben lassen.

In der Griechischen Mythologie heißt es, die Göttin Hera habe Kuhaugen gehabt; das galt damals als Kompliment. Heute ist diese Bezeichnung kaum mehr schmeichelhaft zu nennen. Spinny hat solche Kuhaugen: groß, dunkelbraun, glänzend und sanft. Sie waren auf mein Gesicht gerichtet, und ihre leicht geöffneten Lippen zitterten; winzige Schweißperlen sammelten sich auf ihrer Stirn, wie Tautropfen. Sie beugte sich zitternd vor, als ich von Kapseln sprach, deren Inhalt man in ein Wasserglas leert, von einem Sturz aus dem Fenster in einem der oberen Stockwerke unseres Hauses, von einem Wespenstich, in den Mund...

Sie hielt sich mit beiden Händen die Ohren zu.

»Hör auf! Ich will nichts hören! Ich will nichts davon hören!«

Und dann kam mir die Vorsehung zur Hilfe. Sie

zog zu uns. Mary Leonhard zog in unser Haus! Die praktischen Seiten des menschlichen Daseins — wo und wie andere leben oder wieviel Geld sie besitzen — bedeuten mir so wenig, daß ich mir keine Gedanken darüber gemacht hatte, was für ein Leben sie wohl führen mochte. Ich glaube, sie bewohnte ein kleines Zimmer oder eine Wohnung irgendwo in der Stadt. Ich hatte zufällig gehört, wie sie Spinny davon erzählte. Und Spinny saß da mit weit aufgerissenen, hungrigen Augen und aus mir unerklärlichen Gründen gierig erpicht darauf, weitere Einzelheiten aus dem alltäglichen Familienleben zu erfahren, die bisher in unserem Haus als Thema verpönt gewesen waren. Später versuchte sie, mich mit ihren endlosen Berichten und Anekdoten über Zählerablesungen, Telefonrechnungen, Hausbesitzer und Umzugskosten zu erheitern.

Ihr früheres Verhalten parodierend, hielt ich mir die Ohren mit den Händen zu.

»Hör auf! Hör auf. Ich will nichts davon hören«, sagte ich.

»Sie muß aber ausziehen. Sie wird schon vor der Hochzeit bei uns wohnen.«

»Die Hochzeit findet nicht statt«, antwortete ich.

Luke hatte mir nichts gesagt, sondern Rosemary die Anweisung gegeben, eines unserer Gästezimmer herzurichten. Wir sind nicht mehr so nahe miteinander verbunden. Er hat sich von mir zurückgezogen, hat die Tür zu seinen Gedanken geschlossen; aber ich weiß, wenn sie erst tot ist, wird er zu mir zurückfinden. Seine Liebe zu mir — der Einklang unserer Seelen —, alles wird dann nur um so stärker sein. Und er wird sein Verlangen, diese Frau zu heiraten, als einen beschämenden Irrtum betrachten, als eine Art hochsommerliche Wahnidee, die gerade noch rechtzeitig durch ihr Dahinscheiden vereitelt wurde. Es wird ihm wie Schuppen von den Augen fallen. Ich stelle mir Lukes Augen vor, bedeckt von einer dicken Schicht silberner Schuppen, ähnlich dem glitzernden, undurchdringlichen Schutzschild der Fische; und dieser Schild wird sich bei der Berührung meiner Fingerspitzen lösen oder dahinschmelzen, um seine ungetrübt strahlenden Augen zu enthüllen. Aber noch trägt er den Schuppenpanzer wie eine Maske, die aus meinem geliebten Vater einen ganz gewöhnlichen irregeleiteten und verblendeten Mann gemacht hat.

Gestern kam sie an. Es ist bereits August, und noch immer habe ich keinen bestimmten Plan entworfen; aber bald wird es soweit sein, sehr bald. –

Es ist geschehen, und ich habe den Anstoß dazu gegeben. Ich muß es gewesen sein. Wenn ich nur klarer denken könnte. Ich schreibe alles auf; vielleicht hilft es mir, mich zu erinnern. Meine Gedanken sind wie ein Teppich, der in vielen Farben und komplizierten Mustern begonnen wurde; aber der Rahmen, auf den man ihn gespannt hat, ist zerbrochen, das Schiffchen zersplittert, und unzählige Fäden hängen in einem Knäuel ohne Anfang und Ende herab. Wie kann ich sie entwirren?

Ich würde lieber bei Poe Vergessen suchen, aber ich darf es nicht. Ich muß versuchen, mich auf den Tag zu besinnen, an dem sie ankam, oder den Tag danach, oder die Nacht, in der ich sie zum ersten Mal durch den Fußboden hindurch beobachtete. Es war Anfang August, zu Beginn der zweiten Woche dieses heißen, trockenen Monats.

Rosemary hatte ihr das Zimmer gegeben, das direkt unter dem meinen liegt. Im Fußboden gibt es einen breiten Spalt, durch den eine elektrische Leitung nach unten führt. Unser Haus ist alt und hat zahllose derartige Risse und Schadstellen. Ich untersuchte den Spalt, noch bevor Mary Leonhard eintraf. Ich hob in meinem Zimmer den Teppich an und nahm ein Fußbodenbrett heraus, so daß ich ungehindert alles sehen konnte, was unter mir geschah. Ich würde beobachten können, wenn Mary Leonhard im Bett lag und schlief.

Ich erzählte Spinny davon, denn ich habe vor ihr keine Geheimnisse.

»Du bist wie Katharina von Medici«, meinte sie.

Es überraschte mich, daß Spinny je von ihr gehört hatte, aber dann fiel mir ein, daß historische Romane zu ihrer Lieblingslektüre zählen. »Warum?« fragte ich lächelnd.

»Sie hat auch immer durch ein Loch im Boden zugesehen, wie Henri und Diane de Poitiers sich liebten. Henri – Heinrich der Zweite«, erklärte sie, »war Katharinas Mann.«

»Ich weiß. Aber danke für die Belehrung«, erwiderte ich, mit vor Abscheu zitternder Stimme.

Spinny hat mitunter die vulgärsten – um nicht zu sagen: die gemeinsten – Phantasien.

»Er betritt ihr Schlafzimmer sowieso nicht. Das spart er sich bis zur Hochzeitsnacht auf«, sagte sie.

»Glaubst du etwa, ich würde ihm *das* zutrauen? Meinst du, ich würde deshalb sehen wollen, was dort unten vor sich geht?«

Offenbar hatte sie genau das angenommen. Seltsames Wesen! Mary Leonhard hatte Spinny versprochen, ihren Plattenspieler mitzubringen (sie nannte ihn ihre ›Musikanlage‹, als würde es sich um etwas ganz Großartiges handeln!) und mit ihr zusammen Mozart-Opern anzuhören.

»Das hat sogar Mutter nicht tun dürfen«, staunte Spinny.

Mich bestärkte es noch in meinem Entschluß, sie loszuwerden. Ich frage mich seither oft, ob nicht allein die Kraft meiner Gedanken und meine Willensstärke ausgereicht haben, etwas so Fragiles, Hinfälliges wie ein bestimmtes Gleichgewicht zu stören... Oder war es mehr? Ich weiß es nicht, aber ich muß es wissen. Es war nicht in der ersten, sondern in der zweiten Nacht, die sie in unserem Haus verbrachte, als ich durch den Bodenspalt in ihr Zimmer spähte. Sie schlief bei weit geöffnetem Fenster, und Mrs. Cyprians Katze hatte sich hereingeschlichen und lag zusammengerollt auf der Petit-Point-Decke, die über einen Sessel gebreitet war. An einem Mauersims direkt unter mir hing ein Wespennest, und ich hielt es für unklug, die Fenster weit offen zu lassen. In ein oder zwei Tagen sollte der Kammerjäger kommen und die Wespen mit Zyanid beseitigen. Mondlicht überflutete den Raum und verlieh ihrem Gesicht einen kalten, silbrigen Schimmer. Sie schlief auf dem Rücken und mit offenem Mund. Natürlich war sie ziemlich jung und einigermaßen hübsch, so daß ihr Anblick das Auge weniger beleidigte, als es bei einem älteren, schlafenden Menschen der Fall gewesen wäre. Auf ihrem Nachttisch stand ein Glas, das einen Schlummertrunk enthalten hatte.

Ich beobachtete sie in dieser Nacht, und in der nächsten und übernächsten. Ich wußte noch immer nicht genau, wie ich vorgehen sollte. Ich meine den genauen Ablauf, obwohl der Plan an sich in meinem Kopf schon grob umrissen war. Einmal – in der darauffolgenden Woche – verbrachte ich die ganze Nacht auf dem Boden meines Zimmers, preßte den Kopf gegen die Balken und sah hinunter. Stundenlang lag ich dort und starrte auf sie herab. Sie warf sich unruhig hin und her; sie gehörte offenbar nicht zu den Menschen, die mit einem gesunden Schlaf gesegnet sind. Wir hatten jetzt abnehmenden Mond; in seinem matten Licht konnte ich wenig von ihr erkennen. Bald würde der September beginnen, aber die Morgendämmerung setzte immer noch etwa gegen fünf Uhr ein. Das Summen einer Wespe weckte sie. Sie stand auf, fing die Wespe mit ihrem Glas, warf sie nach draußen und schloß das Fenster.

Lag es daran, daß ich die ganze Nacht lang nicht geschlafen, sondern sie beobachtet hatte? Am nächsten Morgen wurde ich ohnmächtig. Daß ich zu wenig gegessen hatte, kann nicht die Ursache gewesen sein, denn ich nehme fast jeden Tag irgend etwas zu mir. Von diesem Zeitpunkt an fühlte ich mich schwach und entkräftet, als ob ich langsam zum Schatten meiner selbst würde. Ich arrangierte gerade die Blumen in einer Vase auf Lukes Schreibtisch – eine Aufgabe, die ich noch immer gewissenhaft erfüllte, obwohl er sich niemals mehr dafür bedankte, geschweige denn eine Blüte neben seine linke Hand legte. Es waren weiße Astern, und Sukkulenten mit fleischigen, kupferroten Blättern, und flachstielige Brakteen, mit rosaroten Blüten. Als ich die letzte Aster in meiner Hand hielt und das Gesteck betrachtete, noch im Zweifel, welchen Platz sie erhalten sollte, überkam mich ein Schwindelgefühl; Licht und Farben verschwammen vor meinen Augen, und Dunkel umhüllte mich, als ich zu Boden sank.

Spinny stürzte ins Zimmer.

»Was hast du? Was ist passiert?«

Ich war nur wenige Sekunden lang ohne Besinnung. Spinny hatte sich mit angstvoll aufgerissenen Augen und offenem Mund über mich gebeugt. Ich bat sie, mir ein Glas Wasser zu bringen. Kurze Zeit später traf der Kammerjäger ein. Er stammt aus einem Dorf außerhalb der Stadt und kommt jeden Sommer, um der Wespenplage ein Ende zu machen. Warum Luke sich niemals an die zuständigen Behörden in unserem Ort wendet, kann ich nicht sagen. Wir rufen immer diesen Mann. Und jedesmal aufs neue fühlt er sich bemüßigt, uns vor den Chemikalien, die er benutzt, zu warnen — Blausäure und Kaliumkarbonat — und, als wären wir geistig zurückgebliebene Kinder, forderte uns auf, ihnen nicht zu nahe zu kommen. Woher er diese Pestizide erhält und wer ihm gestattet hat, sie zu verwenden, weiß ich nicht; wahrscheinlich besitzt er überhaupt keine offizielle Genehmigung und bezieht sie aus einer illegalen Quelle.

Er braucht für seine Arbeit einen langen Metallstab, an dessen hinterem Ende ein Behälter befestigt ist, nur um weniges größer als ein Fingerhut. Der Mann füllt ihn mit Zyanid, lehnt eine lange Leiter gegen die Hauswand, steigt hinauf und kippt den Inhalt dieses ›Löffels‹ in die Rillen unter dem Sims oder direkt ins Wespennest und dessen Ausgänge, wenn er an sie heranreicht. Noch immer schwach, mit schwindelndem Kopf, verfolgte ich die Vorbereitungen, etwas, was ich zuvor nie getan hatte.

Er bewahrte das Zyanid in einem alten, rostigen Kanister auf. Er entnahm die erforderliche Menge, verschloß den Behälter mit einem Deckel und stellte ihn in die Segeltuchtasche, die er auf dem Boden seines Lieferwagens zurückließ. Sobald er außer Sicht war, streifte ich ein Paar von Rosemarys Gummihandschuhen über meine Finger und band mir ein Tuch vors Gesicht. Ich nahm einen Eßlöffel des Inhalts aus dem Kanister, schüttete ihn in eine Tasse und füllte ihn dann – in meinem Zimmer – in ein kleines Glas um, das ich im Küchenschrank gefunden hatte. Plötzlich spürte ich, daß mich jemand beobachtete. Spinny war mir nach oben gefolgt und stand im Türrahmen. Sie sah mich mit gequältem Gesichtsausdruck an, aber möglicherweise war es nur Neugierde, die in ihrem Blick lag. Sie sagte kein einziges Wort, und ich hielt Erklärungen für überflüssig. Sie sah sogar, wo ich das Zyanid versteckte, nämlich hinter den Wörterbüchern für Latein und Griechisch im Regal meines Zimmers.

Eine Woche später starb Mary Leonhard.

Das Gerüst zieht sich an der gesamten Westfront der Kathedrale entlang und verunstaltet die Fassade. Bis dahin war mir nicht bewußt gewesen, wieviel mir dieser bezaubernde Ausblick, so dicht vor unseren Fenstern, bedeutete: die heitere und zugleich majestätische Ruhe der Formen, eingetaucht in den Glanz der untergehenden Sonne; ihre unirdische Schönheit im blassen Licht des Mondes; die phantastischen Gebilde, die der Winter zaubert, mit dem ersten Schnee, der den Engelsskulpturen kleine weiße Häubchen aufsetzt, und den Eisblumen, die er auf ihre Flügel malt. Die Westfront wird oft als gigantischer Freilichtaltar bezeichnet, und nur Puristen behaupten, sie wäre weniger schön als die Kathedrale von Reims oder Chartres.

Mir war nicht klar gewesen, daß das Gerüst den Ausblick darauf vollständig versperren würde und ich verfolgte daher mit wachsender Verzweiflung, wie die Metallträger, Holzplanken und Handläufe hinaufgeschafft wurden. Die Figuren wurden gereinigt, zum Teil restauriert, und die arg von der Witterung angegriffenen Skulpturen der Apostel Petrus und Paulus, die in einer Nische über dem Westportal gestanden hatten, sollten durch moderne Plastiken ersetzt werden.

Aus der Ferne betrachtet, bot die Kathedrale insgesamt noch immer den Anblick, den ich so sehr genossen hatte. Als Mary Leonhard merkte, daß das Gerüst jetzt die Heiligenfiguren zugänglich machte, drängte sie darauf, hinaufzusteigen und sie aus der Nähe zu betrachten – ein verständlicher Wunsch, denn die reichen Verzierungen der Fassade stammten allesamt aus der Zeit zwischen 1210 und 1240, also aus der Epoche, die ihr Spezialgebiet war. Luke hätte niemals in Erwägung gezogen, das Gerüst unerlaubt zu betreten; aber der Dekan war sehr hilfsbereit, und so wurde beschlossen, daß wir alle am ersten Samstag im September, genau zwei Wochen vor dem geplanten Hochzeitstermin, hinaufsteigen würden.

Sie trug ein blutrotes Kleid. Luke hielt ihre Hand, die er aber sofort losließ, als sich der Dekan und Dr.

Cyprian näherten. Der Schicklichkeit wegen, nehme ich an. Spinny, die inzwischen ziemlich groß und plump geworden ist, hatte sich unpassenderweise entschieden, eine weiße Spitzenbluse, Jeans und Sandalen anzuziehen, und Mary Leonhard nannte sie ›la belle Despinetta‹. Sie war eine Frau, die andere gern neckte und hänselte, und da sie kein Gespür dafür besaß, wie unangebracht ihre übertriebene Munterkeit war, erklärte sie Dr. Cyprian in scherzhaftem Ton, er sehe wie der Erzengel Michael aus, dessen Haar ebenso lang und spärlich gewachsen sei. Nur Luke rang sich ein Lächeln ab und drohte ihr mahnend mit dem Finger.

Wir stiegen hinauf und folgten dem untersten Umlauf, um einen Blick auf die Apostel zu werfen, die zu dem Zeitpunkt noch in ihren Nischen standen. Dann kletterten wir zur nächst höheren Plattform, die sich oberhalb des Freilichtaltars befindet, so daß wir die Fenster aus der Nähe betrachten konnten, von denen eines mit Glasmosaiken geschmückt ist, die sich auf die Zeit vor Cromwell zurückdatieren lassen. Auf der dritten Ebene sind acht Nischen in das Mauerwerk eingelassen; vier von ihnen beherbergen die Erzengel, und in den restlichen vier schweben die Seraphime mit ihren riesigen, ausgebreiteten Flügeln, als wollten sie sich gerade von den Himmelstoren aus in die Lüfte schwingen. Diese Skulpturen waren aus unerklärlichen Gründen noch sehr gut erhalten und für Mary Leonhard von besonderem Interesse, vor allem der Erzengel Michael, den sie – nach ein paar gescheiten, für den Rest von uns jedoch unverständlichen Bemerkungen – noch einmal mit Dr. Cyprian verglich. Was sie jedoch am meisten zu sehen begehrte, war das Relief mit den Zwölf Jüngern, das sich in einem Fries oben zwischen den zwei mächtigen Türmen befindet, wo sie mit Jesus in der Mitte um einen langen Steintisch versammelt sind. Der vierte und letzte Umlauf befindet sich auf gleicher Ebene mit ihren Füßen und ist mehr als vierzig Meter über dem Erdboden.

Wir stiegen hinauf. Mich überkam ein leichtes Schwindelgefühl, von der Kletterei vermutlich, aber ich sagte nichts. Mary Leonhard eilte mir voraus, so voller Erwartung war sie, endlich die Statuen zu sehen, und der Dekan mahnte uns zur Vorsicht, denn die Planken waren zwar durch hölzerne Stützpfeiler gesichert, aber der Handlauf bestand nur aus einem dicken Hanfseil.

Seither sind die Sicherheitsmaßnahmen dort oben verstärkt worden. Der Untersuchungsrichter, der mit dem Fall Mary Leonhard befaßt war, machte dem Dekan zum Vorwurf, uns überhaupt mit hinaufgenommen zu haben. Das Hanfseil wurde nur flüchtig erwähnt. Man vermutete, daß es an eben dieser Stelle brüchig gewesen sei und für einen erfahrenen Arbeiter keinerlei Gefahr dargestellt hätte. Was habe sich der Dekan dabei gedacht, seine Freunde, einschließlich der Frauen und Kinder, mit hinaufzunehmen?

Der Dekan sah nicht einmal zu uns her, als es passierte. Wo genau sich Luke und Dr. Cyprian in diesem Augenblick befanden, weiß ich nicht. Ich weiß nicht einmal, wo ich stand, oder Spinny; aber ich erinnere mich, wie Mary Leonhard vor den Figuren innehielt, einen Schritt zurücktrat und zu ihnen aufsah, mit zum Himmel emporgewandtem Kopf nach

oben blickte. Habe ich sie berührt... gestoßen... oder war allein das brüchige Seil schuld an ihrem Tod? Ich kann es nicht sagen; mein Kopf ist leer und bar jeder Erinnerung. Wenn ich an diesen Tag zurückdenke, der noch nicht lange vergangen ist, sehe ich nur den strahlend blauen Himmel über mir und die mächtigen Türme, die ihn wie dunkelschimmernde Lanzen durchbohren, den Schwarm weißer Vögel, die in schwindelerregenden Höhen vorüberziehen, und die sitzende Gruppe der Jünger, deren Gesichter von der Witterung und der Zeit ausgelöscht sind. Und ich sehe Mary Leonhard in ihrem roten Kleid, wie sie auf Zehenspitzen dasteht...

Ich habe nicht hingeschaut, als sie fiel. Während sie schon stürzte, schrie sie entsetzlich. Auch Luke schrie auf, rannte zu der Stelle, an der sie gestanden hatte und warf sich einen Augenblick lang den Jüngern zu Füßen, preßte sich dicht an den Boden, mit weit aufgerissenem, schmerzhaft verzerrtem Mund. Daran erinnere ich mich, und an das Geräusch, als ihr Körper auf dem Boden aufschlug, hart und sanft zugleich. Sie lag dort auf den Steinen, die wie Herzen aussehen, und ob sich eine Blutlache unter ihr bildete, kann ich nicht sagen, denn ihr Kleid war blutrot.

Eine schreckliche Tragödie, hieß es, ein so außergewöhnliches Talent, ein junger vielversprechender Mensch, der das ganze Leben noch vor sich hatte! Mrs. Cyprian hat uns einen Besuch abgestattet und betont, wie sehr sie mit uns fühlt, und daß sie an nichts anderes mehr denken kann. Sie weinte sogar; das blaue Zeug löste sich von ihren Lidern und hinterließ häßliche Rinnsale auf ihren Wangen. Ihre Ohrringe, winzige gelbe Vögel in vergoldeten Käfigen, schwangen dabei leise klirrend hin und her.

Ihre Katze war wieder in Spinnys Zimmer.

»Könnten Sie bitte dafür sorgen, daß dieses Tier sich in Zukunft nicht mehr in unser Haus schleicht?« bat ich sie mit aller mir zu Gebote stehenden Höflichkeit.

Sie wurde natürlich sofort ablehnend und versuchte, sich mit einer Lüge zu verteidigen: Die Katze sei seit acht Stunden in ihrer Küche eingesperrt.

»O nein«, sagte ich, »Sie war die ganze Nacht im Schlafzimmer meiner Schwester.«

Da sie darauf keine Antwort fand, nahm sie Zuflucht zu einer Beleidigung.

»Dein armer Vater. Er ist wahrlich zu bedauern!«

Wir auch, wenn auch aus einem anderen Grund. Verblendet wie er war, leidet er unsäglich unter dem Verlust von Mary Leonhard. Abend für Abend saßen wir schweigend in seinem Arbeitszimmer; die Stille wurde nur dann unterbrochen, wenn er mir einen Wesenszug von Mary Leonhard schilderte, der ihn besonders bezaubert hatte, oder gar ihr Aussehen glorifizierte. Aber ihr Geist hatte ihn doch am meisten betört; er glaubte sogar, ihr Intellekt sei dem seinen fast ebenbürtig gewesen. Nie wieder würde er eine solche Frau finden! Außer in mir, seiner ältesten Tochter, sagte er. Und er sah mich dabei mit einem sehnsuchtsvollen, zärtlichen und zugleich herzzerreißenden Gesichtsausdruck an.

Wenn ich nach diesen schmerzlichen Gesprächen wieder allein in meinem Zimmer war, habe ich mich ein um das anderemal gefragt, ob ich wirklich dafür verantwortlich bin, daß er diesen tragischen Verlust erlitten hat. Aber sobald ich in mich zu gehen versuche, verschließt sich mein Hirn, und statt der Erinnerung werden wirre Bilder wachgerufen — eine Art Collage, die sich aus zahlreichen, unterschiedlichen Bruchstücken zusammensetzt: dem stahlblauen Himmel, dem graugoldenen Gestein, Mary Leonhard in ihrem blutroten Kleid und die braunen Pflastersteine, die in Größe und Form dem menschlichen Herzen gleichen...

Wenn auch dieser Nachmittag nur undeutlich in meinem Gedächtnis haften geblieben ist, so weiß ich doch, daß ich die Absicht hatte, sie zu töten. Das Zyanid befindet sich noch immer in dem kleinen Glas hinter den Wörterbüchern in meinem Zimmer und legt stummes Zeugnis ab von meinem Vorhaben. Wochenlang blieb der Teppich auf dem Fußboden zurückgeschlagen, das Dielenbrett entfernt. Auch die Tasse und der Löffel, mit denen ich eine Wespe fangen wollte, und der Gazestreifen, um die Tasse so abzudecken, daß dem Tier noch genügend Luft zum Atmen blieb, sind noch da. Ganz genau welche Methode ich anwenden wollte, um Mary Leonhard zu beseitigen, hatte ich noch nicht entschieden. Oder doch? Hatte ich die anderen verworfen und dann einfach die günstige Gelegenheit ergriffen, als Mary Leonhard den Wunsch äußerte, die Westfront der Kathedrale aus der Nähe zu besichtigen? Wie benommen ich mich dort oben gefühlt hatte, wie unsicher und verletzlich, als mich dieses halb eingebildete, halb echte Schwindelgefühl ergriff. Ja, ich sehnte ihren Tod herbei, und dort oben auf dem schmalen Umlauf lag ihr Schicksal ohne Zweifel in meinen Händen. Da ist aber noch etwas anderes... Nachdem alles vorüber war und sie ihren Körper fortgeschafft hatten; als die Menschenmenge sich zerstreute und Luke sich mit einem Schlafmittel hingelegt hatte, ging ich in mein Zimmer und fand in der Tasche meines Kleides ein Federmesser. Ich klappte es auf und entdeckte an einer der Schneiden Fasern, die von einem Hanfseil hätten stammen können...

Ich möchte gern erwachsen sein, aber ich will keine Frau sein. Ich möchte bis in alle Ewigkeit lernen, aber ohne Zwang, möchte zum Kreis der Intellektuellen, Schriftsteller, der Erfolgreichen, der Bedeutenden zählen, aber ohne die Mühe, die diesem Ziel vorausgeht. Es gibt niemanden, dem ich meine Gedanken anzuvertrauen wage, aber ich kann sie niederschreiben. Im vergangenen Winter und während des darauffolgenden Frühjahrs bin ich nur selten zur Schule gegangen. Spinny sagte mir zwar, daß ich damit gegen das Gesetz verstieße, aber ich behauptete einfach, mit sechzehn sei man nicht mehr schulpflichtig, und sie schwieg.

Luke hat, glaube ich, nichts davon bemerkt. Er leidet. Lange Zeit hat er kein Wort mit uns gesprochen und schien durch uns hindurchzusehen, als ob wir aus Glas wären. Seine Arbeit an der ›Neuschöpfung‹ ruht, und selbst Newman vermag ihm keinen Trost zu spenden. Allein die Nacht verschafft ihm Erleichterung, denn er nimmt Barbiturate. Dr. Trewynne hat ihm ohne zu zögern ein starkes Schlafmittel verschrieben, das er mir damals für Spinny verweigert hatte. Schließlich — vor ungefähr einem

Monat – schien er aus seiner Lethargie zu erwachen und schlug vor, gemeinsam die *Medea* zu erarbeiten, eine Lektüre, die wir bisher aus unerfindlichen Gründen zurückgestellt hatten. Ich las gerade eine Textstelle, die den Trost, den die Literatur zu geben vermag, in Zweifel zieht:

»Keiner der Beredten weiß
Mit Versen zu beenden
Die Pein, die bittre Pein...«

Ich las gerade diese Zeilen, als er mich unterbrach und mir einen Brief gab, ein Blatt Papier, das er aus seinem Schreibtisch nahm. Er war in Lukes eigener Handschrift geschrieben, in diesen für ihn so charakteristischen kalligraphischen Lettern, die ebenso schön wie gut lesbar sind. Er nannte mich darin seine »liebste Elvira« und bat mich, auf meine Schwester achtzugeben, die mir an Reife und Jahren nachstünde. Unsere Mutter wurde nicht erwähnt. Auch auf seine eigene Mutter hatte er nur am Rande Bezug genommen, indem er anklingen ließ, er könne verstehen, wie schmerzvoll es sei, ein Kind zu verlieren...

In diesem Moment begriff ich den Zweck des Briefes, und ein Schrei des Protestes entfuhr mir.

»Lies, bevor du etwas sagst«, befahl Luke.

Ich fühlte eisige Kälte in mir aufsteigen; meine Hände zitterten, doch ich las bis zum Ende. Seine Töchter würden ihn verlassen, schrieb er, das könne nicht mehr lange dauern. Er habe all seine Hoffnungen auf Glück in Mary Leonhard gesetzt und sehe nun, da sie tot sei, keinen Sinn mehr darin, weiterzuleben. Er beabsichtige, so still und unauffällig wie möglich aus dem Leben zu scheiden. Alles, was er

besitze, hinterlasse er seinen beiden Töchtern als Treuhandvermögen, das ihnen bei Erreichen des achtzehnten Lebensjahres zur freien Verfügung stehe.

»Das wirst du doch nicht tun?« fragte ich voller Angst. »Du hättest mir diesen Brief nicht gezeigt, wenn dein Entschluß unwiderruflich feststünde.«

Er lächelte traurig und schüttelte den Kopf. Nein, er würde es nicht tun, nicht jetzt! Er hatte schließlich gewisse Pflichten, als Pfarrer und als Vater!

»Ich glaube, daß viele Eltern, die ihre Kinder lieben, solche Briefe schreiben, wenn sie deprimiert sind oder Angst vor einer ungewissen Zukunft verspüren. Ich weiß noch, daß meine Mutter ihr Testament verfaßte, als sie meinen Bruder erwartete und fürchtete, bei der Geburt zu sterben.« Er nahm den Brief aus meiner Hand und legte ihn in den Schreibtisch zurück. »Komm, laß uns mit der *Medea* beginnen. Die Dichtung vermag uns oft zu trösten, wenn uns das Leben Trost versagt, auch wenn Euripides das Gegenteil behauptet.«

In dieser Nacht fand ich keinen Schlaf. Ein Leben ohne Luke ist für mich unvorstellbar – es sei denn, wir wären im Tod vereint. Hat es in der Geschichte je einen Pakt zwischen Vater und Tochter gegeben, gemeinsam zu sterben? Dieser Gedanke könnte von Poe stammen, aber ich glaube nicht, daß ich ihn in seinen Werken gefunden habe. Wie seltsam, daß mir seine Geschichten, die ich erst kürzlich gelesen, und so vieles, was ich einst gelernt hatte, plötzlich fern und fremd schienen. Auch wenn meine Erinnerung daran verschwommen war wie ein langwährender, sich in einem Labyrinth verlierender Traum, glaubte ich, bei Poe jenen bleichen, dunkelhaarigen und geheimnisvollen Frauengestalten begegnet zu sein, deren Schicksal unauflöslich mit Dämonen, Sonderlingen, Phantasten, Monstern und vom Wahnsinn Besessenen verknüpft war und sich in düsteren Folterkammern vollzog.

Einige Tage – vielleicht auch Wochen – später erzählte ich Spinny davon. Eigentlich lag es nicht in meiner Absicht, aber ich brauchte ihre Hilfe, um Luke ständig im Auge zu behalten, zumindest solange, bis er seine momentanen Depressionen überwunden hatte. Zur Zeit finden Abschlußprüfungen statt, und ich kann an diesen Tagen nicht zu Hause bleiben.

»Ich wünschte, wir wären eine ganz normale Familie«, jammerte Spinny.

»Was um Himmels willen meinst du damit?« fragte ich.

»Ich wollte, Mutter würde noch leben. Warum mußte sie sterben? Warum müssen wir unseren Vater beim Vornamen nennen und Latein und Griechisch mit ihm lernen? Ich hasse das alles, ich hasse dieses Haus; es ist voll von Gespenstern, und ich fürchte mich vor ihnen. Ich fürchte mich vor der Katze und den Schritten und der Stimme, die meinen Namen flüstert. Warum müssen wir hier bleiben? Weißt du, was ich mir wünsche? Vermutlich interessiert es dich nicht, aber ich werde es dir trotzdem sagen. Ich möchte bei Großmutter leben, ich möchte, daß meine Freunde zu Besuch kommen und daß wir Platten hören und ganz einfach wie alle anderen sein können.«

Sie ist manchmal noch ein solches Kind. Natürlich

macht es nichts aus, wenn sie der Schule eine Zeitlang fernbleibt, um Luke zu beobachten, denn ihre Noten sind ohnehin schlecht. Sie hat im letzten Jahr erschreckend nachgelassen. Zum Glück scheinen sich Belastungen und Aufregungen bei mir völlig andersartig auszuwirken; obwohl ich nicht gesund bin und oftmals unter Schwächeanfällen und Schwindelgefühlen leide, ist das Examen für mich ein Kinderspiel. Heute morgen kam die Mitteilung, daß mir die Aufnahme ins College St. Leofrics Hall gewiß sei, wohl aufgrund der Prüfungsergebnisse, doch — wie Luke erklärte — in meinem Fall eine reine Formsache.

Ich habe fast den ganzen Tag in einem Liegestuhl im Garten zugebracht. Heute ist der erste schöne Sommertag; der Himmel ist wolkenlos, und die Sonne scheint hell und mit erstaunlicher Kraft. Die Knospen der Allotria, der Europeana und der Albertina, einer Kletterrose, die heute morgen noch geschlossen waren, haben sich bei den ersten wärmenden Strahlen der Sonne geöffnet. Rosemary bringt mir eine Tasse Tee und Kuchen (den ich verabscheue) und sagt, jetzt würde die Hitzewelle beginnen. Ich habe meinen Liegestuhl in den Schatten gestellt, obwohl jede Bewegung mir den Atem nimmt. Stufen sind für mich besonders mühevoll; ich krieche deshalb auf Händen und Füßen nach oben. Irgendwann letzte Nacht kam Spinny aus ihrem Zimmer und stand plötzlich vor meinem Bett.

»Ich dachte, ich hätte die geheimnisvolle Frau gehört«, sagte sie. »Ich habe geglaubt, es wäre das Rascheln ihres Kleides; aber du warst es. Es war dieses schleifende Geräusch, mit dem du über den Teppich gekrochen bist. Du mußt verrückt sein.«

»Was du nicht sagst?« antwortete ich kühl.

»Wenn Mutter noch leben würde, hätte sie dafür gesorgt, daß du ißt. Ich werde Großmutter erzählen, daß du gar nichts ißt. Und ich werde Luke bitten, mich in einem Internat anzumelden.«

Ob sie ihren Vorsatz wahrgemacht hat, weiß ich nicht. Luke und ich sind uns in der letzten Zeit sehr fremd geworden, denn eines Abends, kurz nach meiner nächtlichen Unterhaltung mit Spinny, habe ich ihn tief verletzt. Müde und ausgelaugt hatte ich meinen Kopf an die Lehne des Sofas gebettet, auf dem ich mit ihm saß und verzweifelt versuchte, der unvergeßlichen Rede des Menelaos zu folgen. Während Luke noch rezitierte, verfiel ich in einen apathischen Halbschlaf.

Lukes Stimme war kalt und mürrisch, als er mich weckte.

»Komm, Elvira, ich habe Wichtigeres zu tun, als meine Zeit mit einer jungen Dame zu vergeuden, die den ganzen Tag lang vor sich hin träumt, so daß sie abends zu erschöpft ist, um zu arbeiten.«

Ich entschuldigte mich; sein Tadel war ja gerechtfertigt. Schließlich hatte ich den ganzen Tag im Liegestuhl in unserem Garten zugebracht.

Aber nichts erbittert ihn so sehr, wie scheinbare Gleichgültigkeit. Nichts mißfällt ihm mehr, als ignoriert zu werden.

»Vielleicht sollten wir unsere Lektüre solange zurückstellen, bis du entschieden hast, wem du den Vorzug gibst, den Vergnügungen einer Halbwüchsigen oder Euripides.«

Warum trifft mich sein Vorwurf so wenig? Nichts scheint mich mehr zu interessieren oder zu berühren, und obwohl ich wieder zu meinen Aufzeichnungen zurückgekehrt bin, weiß ich oft kaum, was ich schreibe. Wenn ich lese, schlafe ich über meinem Buch ein.

Gestern kam Großmutter. Es war kühler als heute, und so blieben wir im Haus. Spinny machte ein verdrossenes, mürrisches Gesicht, denn Luke hat ihr verboten, mit Tom, ihrem neuen Freund, allein auszugehen; sie sollen mich mitnehmen. Ich fühle mich in der Rolle der Anstandsdame nicht besonders wohl, sicher auch dann nicht, wenn es mir gesundheitlich besser ginge...

»Wir sollten Dr. Trewynne aufsuchen«, schlug Großmutter mir vor. »Du gehörst in ein Krankenhaus.«

»O nein«, sagte ich und lächelte sie an – so wie ich einst Mary Leonhard zugelächelt hatte. »O nein«, wiederholte ich, und machte eine ungeduldige Handbewegung, als wollte ich sie abwehren.

Ich bemerkte, daß Spinny und sie die Haut meines Oberarms anstarrten, die früher weiß und glatt war. Ich verstehe es selbst nicht, aber seit einiger Zeit ist mein ganzer Körper mit einem zarten goldenen Flaum bedeckt wie bei einem Embryo. Nur die Innenflächen der Hände und meine Fußsohlen sind ausgespart. Ich bin behaart wie eine magere, streunende Katze.

»Sie wird Hungers sterben!« Spinny lief zu mir und warf die Arme um meinen Hals.

Ich versuchte, mich aus ihrer Umklammerung zu lösen. Die Chinesen verabscheuen den Geruch von

Menschen, die Butter, Rahm und Käse essen, und ich weiß, was sie meinen. Die arme Spinny weinte und weinte; ihr Gesicht war rot und geschwollen, und Großmutter sagte, sie würde mit Luke besprechen, was mit mir zu tun sei.

Sie hat recht, ich sterbe. Das kann ich selbst ganz leidenschaftslos feststellen. Nichts und niemand ist für mich mehr von Bedeutung, nicht einmal Luke — jedenfalls nicht sehr. Meine Zukunft ist mir gleichgültig, denn ich kann kaum über den nächsten Tag, die nächste Nacht hinausdenken. Das ist irgendwie paradox. Ich habe meinen Körper bewußt ignoriert und kasteit, um ganz Seele und Geist zu werden, und dabei zugelassen, daß meine Haut verkümmert und mein Blut sich verdünnt. Wenn ich meine Hand im Licht der untergehenden Sonne betrachte, sehe ich nun ihre Strahlen hindurchscheinen, durch Haut und Knochen, Sehnen und Adern; sie schimmert matt, wie die zartrosa Blütenblätter der Albertina. Aber mein Geist ist gleichermaßen geschwächt, denn die Seele scheint vom Wohlbefinden des Körpers abhängig zu sein. Die meine hat zusammen mit der Körperkraft jegliche Spannkraft verloren, hat all ihre Fähigkeit eingebüßt, sich zu Höhenflügen aufzuschwingen und über allem zu stehen. Nichts ist geblieben, außer einer tiefen Mattigkeit und einem unstillbaren Verlangen nach Ruhe.

Das Licht schwindet schnell, und die Luft ist schwer vom Duft der Rosen, des Geißblatts und des weißen Flieders. Bienenschwärme kehren im trägen Flug zu ihren Stöcken heim, und durchsichtige Motten umschwirren das Licht. Sie flattern gegen Lukes Fenster, ein grelles Orange, das sich gegen die dunklen Mauern des Hauses abzeichnet. Ich liege hier im Garten, starre auf das helle Rechteck und wundere mich, weshalb Luke sein Fenster, das er sonst in warmen Sommernächten vor dem Zubettgehen zu öffnen pflegt, heute nacht geschlossen läßt. Warum sollte ich nicht die Nacht im Freien verbringen? Wer sieht es denn, wen kümmert es schon? Luke ist unmittelbar, nachdem Spinny ihm einen Schlummertrunk zubereitet hatte, zu Bett gegangen. Sie hat auch mir ein Glas gebracht, und ich sehe noch Reste der milchigen Lache, die gierig von der trockenen Erde aufgesaugt wurde, als ich den Inhalt wegschüttete.

Es ist zu dunkel, um noch zu lesen, und Poe ist ins Gras gefallen. Auch meine Handschrift verschwimmt, während sich die Dämmerung herabsenkt und die Konturen verwischt.

Werde ich jemals wieder aufwachen, wenn ich jetzt einschlafe?

Der Regen ist in Schnee übergegangen, der in großen, weichen Flocken vom Himmel fällt. Die Zeit scheint plötzlich stillzustehen: Der Regen wurde von heftigen Böen begleitet, aber nun hat sich der Wind gelegt, und die Flocken schweben sanft, fast träumerisch zur Erde. Allmählich decken sie unseren Garten zu. Die neuen Heiligenfiguren an der Westfront der Kathedrale tragen weiße Kappen, und die Engelsflügel schimmern wie das Gefieder der Seemöwen. Das erste, was ich nach meiner Heimkehr bemerkte, war, daß man das Baugerüst entfernt hatte und die gigantische Kulisse der Westfront im neuen Glanz der alten Pracht erstrahlte, wie sie vor siebenhundert Jahren erstanden war.

Spinny versucht gerade, einen Schneemann zu bauen; Großmama meint zwar, sie sei zu alt dafür, aber ich weiß nicht recht — warum eigentlich? Was hat das Alter damit zu tun? Heute war ich wieder draußen, und nicht zum erstenmal. Ich bin überzeugt, ich könnte kilometerweit laufen, und das werde ich auch tun, sobald sich das Wetter bessert. Schließlich habe ich jetzt fast das Gewicht erreicht, das ein Mädchen meiner Größe haben sollte. Nur noch ein oder höchstens zwei Kilo muß ich zunehmen. Heute morgen bin ich sogar bis zur St. Leofric's Hall gegangen und habe vor dem Eingang der Universität gestanden, in die ich schon letztes Jahr im Oktober hätte gehen können, wenn ich nicht krank gewesen wäre. Ein Student fuhr auf seinem Fahrrad durch den großen steinernen Bogen in den Innenhof. Als er mich sah, lächelte er mich an und sagte: »Hallo«, und ich lächelte zurück, ohne etwas darauf zu erwidern. Aber auch das war für mich schon ein ungeheurer Fortschritt.

Mein Platz in St. Leofric's Hall ist mir sicher; im kommenden Herbst werde ich mit dem Studium beginnen. Ich bin dann zwar schon neunzehn, aber was spielt das für eine Rolle? Nach Lukes Tod war ich so lange krank, daß ich das Gefühl habe, einen wichtigen Abschnitt meines Lebens, einen Teil meiner Jugend, für immer verloren zu haben, und nichts kann ihn mir zurückbringen. Ja, Luke ist tot, und vielleicht werde ich eines Tages in der Lage sein, die näheren Umstände zu schildern; aber nicht jetzt, jetzt noch nicht... Es genügt mir für den Augenblick, daß ich dieser Tatsache gefaßt ins Auge sehen und ruhig darüber nachdenken kann.

Ich habe mich verändert. Ich weiß es, fühle es, und — abgesehen davon — man hat es mir auch gesagt. Großmama zum Beispiel. Sie ist nach Lukes Tod zu uns gezogen, um Spinny zu betreuen und mich zu pflegen, als ich aus dem Krankenhaus entlassen wurde.

»Du hast dich völlig verändert, Elvira«, erklärte sie. Ich saß aufrecht in meinem Bett, und als ich ihr das Tablett mit dem Essen abnahm, hatte ich sie so genannt, wie wir es in unserer Kindheit gewohnt waren — ›Großmama‹.

»Ich habe nie etwas gesagt«, fuhr sie fort, »aber ich habe dich beobachtet und dir zugehört und mich so manches Mal gefragt, wann oder ob du wohl überhaupt jemals erwachsen würdest.«

»Du weißt doch, manche Menschen machen eine Midlife-Krise durch«, antwortete ich. »Bei mir ist diese Krise eben viel früher eingetreten, vielleicht eine Lebensanfangskrise, denn ich habe ja noch nicht einmal richtig begonnen zu leben, oder?«

»Am Anfang war ich doch ganz normal«, sagte ich, »und dann wurde ich immer eigenartiger.«

»Dafür gab es ja auch genügend Gründe, Liebes.« Sie dachte dabei wohl an Lukes Tod und daran, wie ich ihn gefunden und was ich gesehen hatte.

»Nein, es hat schon vorher angefangen: als ich vierzehn war, mit Mutters Krankheit.«

An diesem Abend holte ich die Aufzeichnungen hervor, die ich nach Mutters Tod gemacht hatte, über Mary Leonhard und all das, was mit uns geschehen war. Ich werde rot, wenn ich lese, was ich damals geschrieben habe, und wenn ich daran denke, wie ich zu der Zeit war. Diese affektierte, diese pedantische, arrogante, fast schon unzurechnungsfähige Person — das soll ich gewesen sein, ich? Für welchen imaginären Leser habe ich nur all diese fehlgeleiteten Gedankengänge und Eindrücke zu Papier gebracht?

Was mir am meisten auffiel — auch wenn ich mich bemühte, es herunterzuspielen —, war meine Vorliebe für Schauerromane und -geschichten. Vorliebe ist wohl nicht das richtige Wort, ›Leidenschaft‹ würde der Wahrheit eher gerecht werden. Ich hatte mich mit Poes tragischen Heldinnen identifiziert und geglaubt, wie diese in einem Haus zu leben, das dem Untergang geweiht schien; in Wirklichkeit war ich nichts weiter als ein neurotischer Teenager mit einer bedauernswerten, einsamen und verwirrten jüngeren Schwester und einem Mann, der sich nicht in seiner Rolle als Witwer und Vater zurechtfand. Armer Luke. Heute sehe ich klarer; ich kann ihn besser verstehen und ihn als das einschätzen, was er wirklich war, auch wenn es schmerzt: ein in sich selbst zurückgezogener Mensch, der unfähig war, uns Liebe zu geben oder uns mehr zu sein als ein Lehrer. Und gerade in dieser Beziehung habe ich mich selbst in völlig falschem Licht dargestellt. Es stimmt zwar, daß Spinny und ich mit Luke Griechisch und Latein lernten, aber meine Kenntnisse waren bei weitem nicht so hervorragend, wie ich es in meinen Aufzeichnungen angedeutet hatte. Und genausowenig entspricht es der Wahrheit, daß ich Spinny Nachhilfeunterricht gegeben oder schon mit fünfzehn die *Antigone* gelesen habe.

Ich werde mein Tagebuch fortsetzen, aber ich will mich von nun an bemühen, aufrichtiger zu sein. Ich habe nicht zuletzt deshalb wieder mit den Einträgen begonnen, weil ich das kommende Jahr irgendwie ausfüllen möchte und meine verlängerten ›Semesterferien‹ nutzen will — soweit man bei jemandem, der noch nicht mit dem Studium angefangen hat, überhaupt von Semesterferien sprechen kann. Aber ich werde keine Zeit haben, jeden Tag zu schreiben, denn ich habe einiges nachzuarbeiten. Überheblich, wie ich damals war, hatte ich natürlich mit erstklassigen Prüfungsergebnissen gerechnet; dabei waren sie kaum ausreichend für die Aufnahme an der Universität, und ich habe das untrügliche Gefühl, wenn ich nicht die Tochter meines Vaters gewesen wäre...

Großmama hat gestern angedeutet, diese übertriebene Selbsterniedrigung sei ebenso ungesund wie meine einstige Überheblichkeit.

»Du bist wie ein Pendel, Liebes«, sagte sie, »Du schwingst immer von einem Extrem ins andere.«

Also muß ich auch darauf achten. Ich muß überhaupt vorsichtig sein. Die Krise, die ich in einem so frühen und entscheidenden Lebensabschnitt durchgemacht habe, wirkt noch immer nach. Sie macht sich zum Beispiel in der Art bemerkbar, wie ich schreibe, in den manchmal allzu pedantischen und gestelzten Formulierungen. Ich werde mir die allergrößte Mühe geben, meinen Stil zu ändern, und zwar noch vor Oktober, bevor ich Abhandlungen und Aufsätze für meine Tutoren oder Professoren schreiben muß.

Die Schneeflocken fallen nun immer dichter; Spinny hat ihren Schneemann gerade noch rechtzeitig fertiggebaut und ihm ein altes schwarzes Barett aufgesetzt, das vermutlich unserem Großvater gehörte. Sie ist vor dem Schneetreiben ins Haus geflüchtet. Fünf Minuten noch, und sie wird in mein Zimmer stürmen. Sie ist überglücklich, daß ich endlich wieder zu Hause bin, und ich weiß inzwischen: Ich habe mich im Krankenhaus auch deshalb so oft einsam gefühlt, weil ich sie vermißte, und nicht Luke.

Bin ich in dieser Zeit, an die ich nur mit Scham zurückdenken kann, Mrs. Cyprian gegenüber wirklich so unfreundlich und taktlos gewesen? Ich kann mich einfach nicht erinnern, aber wenn es wahr ist, dann war wohl niemand mehr bereit als sie, großherzig darüber hinwegzusehen, denn sie hat alles Notwendige in die Wege geleitet in jener Nacht, in den frühen Morgenstunden, als Luke gestorben war und Spinny und ich allein und verwaist in dem großen Haus zurückblieben, über dem ein Fluch zu liegen schien. (Ich muß und ich *will* damit aufhören, solche Formulierungen zu gebrauchen; aber ich lasse den Satz stehen, sozusagen als warnendes Beispiel.) Arme Mrs. Cyprian! Um drei Uhr morgens geweckt und aus dem Bett geholt zu werden und zwei zitternde Mädchen auf der Türschwelle zu finden, von denen eines blutbesudelte Hände hat! Sie zog ihren Mantel an und ging mit uns nach Hause, um alles Weitere in die Hand zu nehmen. Nicht zuletzt, um sich um *mich* zu kümmern, einen Krankenwagen zu rufen, der *mich* ins Hospital brachte, denn in dem Augenblick, als wir die Eingangshalle betraten, verlor ich das Bewußtsein.

Heute weiß ich, daß die Natur selbst mir zur Hilfe

kam und mich rettete. Wäre nicht dieser Zusammenbruch, das Vergessen und die lange Zeit danach gewesen, in der ich mich in einer Art Dämmerzustand befand, hätte ich mich möglicherweise einer Selbsttäuschung in bezug auf Lukes Tod hingegeben. Genauso, wie ich mich eine Zeitlang schuldig gefühlt hatte an Mary Leonhards Sturz von der Westfront der Kathedrale, so hätte mein verwirrter Geisteszustand mir vorgaukeln können, ich sei für seinen Tod verantwortlich. Aber das blieb mir zum Glück erspart. Es handele sich eindeutig um Selbstmord, begangen »im Zustand geistiger Verwirrung« — so lautete der Befund des Untersuchungsrichters, wie Spinny mir später berichtete.

Natürlich hat mir sein Tod keinerlei Vorteile gebracht, es sei denn, man betrachtet die Tatsache, daß ich seine Erbin bin, als Vorteil. Der Gedanke wäre nicht so abwegig. Luke hat uns das Haus und ein ansehnliches Vermögen hinterlassen. Spinny kann über ihren Anteil erst verfügen, wenn sie achtzehn ist. Als Treuhänder sind Großmama und Onkel Sebastian, Lukes Bruder, eingesetzt. Sie drängen uns ständig, von hier wegzuziehen und verstehen einfach nicht, warum ich mich so dagegen wehre. Die arme Großmama möchte wieder nach Hause und wäre glücklich, wenn sie uns mitnehmen könnte.

»Geh nur, mach dir bitte keine Sorgen um uns«, habe ich ihr erst gestern wieder versichert. »Wir finden uns ganz gut allein zurecht, und außerdem kommt Rosemary zweimal in der Woche. Ich bin schließlich über achtzehn, und viele Mädchen in meinem Alter sind schon verheiratet.«

»Ich kann dich doch nicht mit Spinny alleine lassen, Liebes«, erwiderte sie.

Was meint sie nur damit? Manchmal denke ich, sie mißtraut mir. Vielleicht erinnert sie sich daran, wie ich früher war und befürchtet, ich sei unzuverlässig. Glaubt sie etwa, ich würde die arme Spinny verhungern lassen, oder etwas Ähnliches? Oder fürchtet sie, ich sei überhaupt noch zu unreif und zu wenig verantwortungsbewußt?

»Wir wissen uns sehr gut allein zu helfen«, sagte ich, »Spinny ist eine ausgezeichnete Köchin. Hast du das nicht gewußt? Luke war zwar dagegen, daß sie einen Hauswirtschaftskurs in der Schule besucht, aber jetzt, wo er... Nun, sie kann all diese Dinge einfach hervorragend. Sie hat neulich erst ein ganzes Menü zubereitet, als Sheila ihren freien Abend hatte.«

Großmama sah mich liebevoll an. »Ich weiß, mein Kind. Ich freue mich sehr, daß du jetzt endlich ißt. Du kannst dir gar nicht vorstellen, wie besorgt ich um dich war, als du noch unter dieser Magersüchtigkeit gelitten hast.«

Ich war stolz auf mich. Ich hatte der Versuchung widerstanden, sie zu korrigieren; ich hatte sie nicht darauf hingewiesen, daß es nicht Magersüchtigkeit, sondern ›Magersucht‹ heißt. Ich mache Fortschritte.

Als ich krank war, hat man mir die Haare abgeschnitten. Offenbar macht man das mit allen Bettlägerigen, besonders wenn sie im Koma oder nur halb bei Bewußtsein sind. Ist es nicht merkwürdig — Samson verlor seine Stärke, als ihm die Haare geschnitten wurden, und heute glaubt man, damit zu verhindern, daß Kranke ihre Widerstandskraft einbüßen! Ich trage mein Haar jetzt sehr kurz, mit einem Fransenpony, und manchmal schminke ich mir die Augen.

»Als nächstes wirst du noch mit Jungen ausgehen«, meinte Spinny gestern. Vielleicht hat sie damit gar nicht so unrecht.

Ich hätte jedenfalls nichts dagegen, mich ab und zu mit einem netten Jungen zu treffen. Und wenn es bisher noch nicht dazu gekommen ist, so liegt das daran, daß ich niemanden kenne, der mich um ein Rendezvous bitten würde. Außer dem Studenten, der mich damals angelächelt und ›Hallo‹ gesagt hatte. Letzte Nacht habe ich von ihm geträumt. Wir fuhren mit dem Rad durch eine wundervolle Landschaft, und ich war so glücklich und voller Erwartung, wie man nur sein kann, wenn der Himmel so blau und geheimnisvoll schimmert und man sich fragt, was wohl hinter dem nächsten Hügel liegen mag.

Es ist schon drei Tage her, daß ich zuletzt etwas in mein Tagebuch eingetragen habe, aber es gab so viel zu erledigen. Großmama ist mit mir nach London gefahren, um mich neu einzukleiden. Wir haben mit Onkel Sebastian zusammen in einem Restaurant gleich neben seinem Büro zu Mittag gegessen und anschließend eine Nachmittagsvorstellung im Kino besucht. Wir sind erst ziemlich spät nach Hause gekommen — spät zumindest in meinen Augen, denn ich war ja daran gewöhnt, schon um neun Uhr zu Bett zu gehen. Am nächsten Tag hätte ich mich eigentlich ausruhen sollen, aber ich fühlte mich überhaupt nicht müde und tat das, was ich schon seit Wochen, eigentlich schon seit Monaten, vorgehabt hatte: Zum erstenmal ging ich wieder in Lukes Arbeitszimmer. Ich setzte mich an seinen Schreibtisch, betrachtete seine handschriftlichen Notizen und seine Bücher, und schließlich öffnete ich die Schubladen. Zunächst traf es mich wie ein Schock, und ich kam mir wie ein Verräter vor; aber dann dachte ich, warum eigentlich? Warum sollte ich mich meiner Gefühle schämen? Es ist doch ganz natürlich, daß ich so empfinde. Ich erkannte plötzlich (der Raum war seit Lukes Tod nicht mehr benutzt worden; nur unser Anwalt und der Schätzer hatten ihn betreten), wie ordnungsbesessen Luke gewesen war, wie pedantisch und methodisch, fast wie leblos. Aber noch fällt es mir zu schwer, über Luke zu schreiben.

Ich konnte mich nicht überwinden, die Schreibtischschublade zu öffnen, in der Luke seinen Abschiedsbrief aufbewahrt hatte, obwohl ich natürlich wußte, daß er dort nicht mehr lag. Ich berührte nur den Griff und zog meine Hand sofort wieder zurück. In der darunterliegenden Schublade befanden sich alle Zeugnisse von Spinny und mir, einschließlich der letzten beiden, die wir am Ende des Frühjahrs-Semesters, vor fast einem Jahr, erhalten hatten.

Ich bemühte mich, nicht darüber nachzudenken. Schließlich waren sie schon ein Jahr alt. Ich schloß die Schreibtischschublade und betrachtete Lukes Bücher, die nach seinem eigenen System geordnet und katalogisiert waren. Einen Augenblick preßte ich mit geschlossenen Augen Newmans *Apologia* gegen meine Wange. Aber es war wie ein Zwang: Ich mußte die Schublade noch einmal öffnen und die Zeugnisse anschauen. Die Beurteilungen, die man über uns abgegeben hatte, ließen mich zusammenzucken: ›desinteressiert‹, ›faul‹, ›eigenbrötlerisch‹ (das galt mir); und ›unreif‹, ›unfähig, sich zu konzentrieren‹ (Spinny).

Sie schien viel mehr unter dem Tod unserer Mutter gelitten zu haben, als mir je bewußt war. Luke und ich hätten ihr beistehen und uns bemühen müssen, ihr den Verlust zu ersetzen, aber wir taten es nicht. Wir zogen die Zweisamkeit vor und schlossen sie aus. Oder täuschte ich mich auch hier? Sah Luke in mir nur die Schülerin, und dazu noch eine besonders sanftmütige und folgsame? Trotzdem war es wohl zu ihrem Besten, daß Luke sich geweigert hatte, sie in ein Internat zu schicken, und ich bin sicher, daß auch sie seine Entscheidung insgeheim guthieß. Ich bin froh, daß sie Tom hat, auch wenn sich die beiden manchmal benehmen, als gingen sie noch in den Kindergarten. Am liebsten sitzen sie den

ganzen Sonntagmorgen vor Großmamas Fernseher und schauen sich Zeichentrickfilme an. Und sie kaufen sich Kinderschokoladeneier, in denen ein Spielzeug verborgen ist, die eigentlich höchstens für Siebenjährige gedacht sind.

Dabei sieht Spinny überhaupt nicht wie ein Kind aus. Sie wirkt viel älter als ich, das sagen alle. Sie ist groß und kräftig und neigt zu Übergewicht (die unzähligen Schokoladeneier), mit breiten Hüften und dem Busen einer Vierzigjährigen. Ihr Teint hat den Farbton reifer Pfirsiche, und die Oberlippe wird von dunklem Flaum überschattet. Ihre hellbraunen Haare sind zu einer üppigen Mähne geworden. Ich nehme an, daß sich unsere Gesichtszüge ähneln, aber ansonsten haben wir wenig gemein. Wer sie nicht kennt, würde sie für ein heiteres, ausgeglichenes, sogar ein wenig selbstgefälliges Mädchen halten — robust, phantasielos und mit einem gesunden Schlaf gesegnet. Nur Großmama und ich wissen, daß das nicht zutrifft. Ich bin sicher, daß Tom nicht im mindesten ahnt, wie qualvoll ihre Nächte sind und wie schrecklich ihre Träume.

Die Katze der Cyprians ist tot. Sie wurde nicht überfahren, sondern starb — wie ich vermute — an Altersschwäche, denn eines Morgens fand man ihren steifen, kalten Körper in einer dunklen Ecke des Flurschranks. Trotzdem sieht Spinny noch fast jede Nacht eine Katze in ihrem Schlafzimmer. Nicht direkt, sagt sie, nicht so, wie man eine lebendige Katze vor sich sieht, die zusammengerollt auf dem Kissen gegenüber liegt und sich die Schnurrhaare streicht, sondern eher aus dem Augenwinkel, an der Peripherie des Gesichtskreises — eine Katze, deren dunkler Schatten über die Netzhaut trifft und dort für den Bruchteil einer Sekunde den Eindruck von etwas haarigem Vorüberhuschenden hinterläßt. Das heißt, so ist es meistens. Es kommt jedoch auch vor — nur allzu oft, fürchte ich —, daß die Katze auf ihr Bett springt oder sich sogar auf *sie* setzt und mit ihren riesigen gelben Augen, die niemals blinzeln, in Spinnys schreckgeweitete braune starrt — bis sie in ihrer Panik um Hilfe schreit.

Natürlich ist nie etwas zu sehen, wenn Großmama und ich zu ihr gerannt kommen. Der Spuk ist vorbei, auch für Spinny — bis auf den Geruch. Sie riecht die Katze, sagt sie, selbst dann noch, wenn sie längst verschwunden ist. Alles, was ich riechen kann, ist der Angstschweiß auf Spinnys Körper.

»Wenn wir sie finden würden, könnten wir sie ausgraben und fortschaffen«, sagte sie vorgestern nacht.

Nachdem wir Spinnys Zimmer verlassen und die Tür hinter uns geschlossen hatten, fragte mich Großmama, was sie damit gemeint habe.

»Ich nehme an, wenn wir umziehen würden...?

»Man kann vor einem Trugbild nicht davonlaufen«, antwortete Großmama. »Was sie da sieht, existiert nur in ihrer Phantasie.«

Ich erwähnte Dr. Trewynne.

»Manchmal denke ich, daß Spinnys Probleme möglicherweise sogar von den Medikamenten herrühren, mit denen euer Dr. Trewynne sie schon seit Jahren behandelt«, erklärte Großmama.

Ich hänge an diesem Haus und will es nicht verlassen, trotz der schrecklichen Dinge, die hier geschehen sind. Ich liebe die Lady Lane mit ihren Pflastersteinen, die menschlichen Herzen gleichen, und die Mauern, die dicht mit Kletterrosen bewachsen sind, und die Westfront der Kathedrale, dieses riesige Relief, auf dem es immer wieder etwas Neues zu entdecken gibt. In den letzten Monaten vor seinem Tod konnte der arme Luke ihren Anblick nicht mehr ertragen; den ganzen Tag über brannte das Licht in seinem Arbeitszimmer und die Vorhänge blieben geschlossen, damit er sie nicht länger vor Augen hatte. Und als ich rote Dahlien auf seinen Schreibtisch stellte, warf er sie weg und sagte, rote Blüten erinnerten ihn an Mary Leonhard, wie sie mit zerschmettertem Körper auf den herzförmigen Pflastersteinen lag.

Nachdem Spinny zur Schule gegangen war, kehrte ich in das Arbeitszimmer zurück. Ich saß mit geschlossenen Augen vor dem Schreibtisch, die Hände flach gegen die kühle Maserung der Eichenplatte gepreßt. Nach ein oder zwei Minuten stand ich auf und ging in den Garten. Ich pflückte eine Handvoll Winterblumen, alles, was ich zwischen den halbgeschmolzenen Schneehügeln entdecken konnte: ein paar Schneeglöckchen, eine Christrose. Ich stellte den armseligen Strauß in eine Vase auf dem Fensterbrett und legte ein Schneeglöckchen neben meine linke Hand. Dann nahm ich aus der dritten Schreibtischschublade die ersten vier Kapitel der ›Neuschöpfung‹, alles, was er davon niedergeschrieben hatte. Ich saß dort und starrte sie an, ohne den Sinn der Worte zu verstehen, die wie Schemen vor meinen Augen tanzten.

Vor einem Jahr noch hätte ich mir, wenn ich vorausgesehen hätte, daß Luke auf diese Weise sterben sollte, absolut sicher vorgenommen, sein Werk um jeden Preis zu vollenden – selbst wenn dazu ein Theologiestudium notwendig gewesen wäre. Heute scheint mir der Gedanke absurd. Ich könnte es nicht, selbst wenn ich es wollte. Aber anstatt Treulosigkeit oder Schuldgefühle bei diesem Gedanken zu empfinden, erfüllte es mich mit tiefer Freude, daß ich nicht meine ganze Jugend, vielleicht sogar mein ganzes Leben geopfert hätte, mich von meiner Umwelt abgekapselt und mit unnützem Wissen vollgestopft hätte. Ich war gerade rechtzeitig gerettet, vom Rande einer steilen Klippe zurückgerissen worden, und hatte nach einer langen Zeit der Besinnung zur Normalität zurückgefunden, wie durch eine Katharsis.

Es war Lukes Tod, der mich erlöst hatte.

Jetzt kann ich darüber schreiben. Ich vermag diesen Sommer noch einmal zu erleben, in dem die Zerstörung meines Körpers unaufhaltsam fortschritt. Die Ärzte haben mir gesagt, wenn ich so weitergelebt hätte, wäre ich als erstes erblindet; dann hätten meine Nieren versagt. Man hat mir auch noch andere Begleiterscheinungen der Krankheit erklärt. Der goldene Flaum, der meinen ganzen Körper bedeckte, gehört zu den Symptomen der Magersucht. Ich hatte darin lediglich ein äußeres Merkmal meiner Über-Menschlichkeit gesehen, ähnlich den Stigmata. Damals, in jener Nacht, lag ich auf einer Decke im Gras und blickte im schwindenden Licht der Abenddämmerung auf meine haarigen, zum Skelett abgemagerten Arme und spürte unter meinen tastenden Fingern den Flaum auf dem leicht aufgedunsenen Bauch und auf meiner knochigen Brust.

Der Himmel hatte sich zu einem samtenen Saphirblau verfärbt, und der Horizont war vom Glanz der untergehenden Sonne in glutrotes Licht getaucht. Der Steinbrech mit seinen üppigen weißen Blüten, die Großmama als Orangenblüten bezeichnet, erfüllte die Luft mit seinem betäubenden Duft, der den zarten, leichten Hauch unserer roten Rosen verdrängte. Ich lag dort und sah zu Lukes geschlossenem Fenster hinauf, wartete darauf, daß er das Licht löschte und die Fensterflügel öffnete. Ich hatte mir meinen Tod ganz anders vorgestellt: Ich glaubte, daß Luke auch ohne Worte verstehen würde, wie es um mich stand, daß es nicht mehr als eines langen Blickes, voll Zärtlichkeit und Bewunderung, bedurfte — und danach hätte ich in Frieden sterben können.

Wie naiv waren doch meine Vorstellungen vom Tod und seinen Begleitumständen! Ich nahm an, Verhungern wäre ein sanftes Hinübergleiten in eine andere Welt; ich hatte keine Ahnung, daß man dabei aufgrund des Vitaminmangels erblinden kann oder daß damit Skorbut, Anämie, ein langsames Austrocknen des Körpers und ein Kreislaufkollaps verbunden sein können. Poe scheint genausowenig wie ich über den Tod gewußt zu haben, und er und seinesgleichen haben mir ein völlig falsches Bild vermittelt.

Merkwürdig ist auch, wie ich mich über das Verhältnis zwischen Luke und mir getäuscht habe; wir standen uns schon lange nicht mehr nahe, sondern lebten nebeneinander her wie zwei Fremde, gleichgültig, fast schon feindselig. Wäre ich damals in der Lage gewesen, mir selbst gegenüber ehrlich zu sein, hätte ich wohl eingestehen müssen, daß meine Gefühle für ihn eher Haß als Liebe waren.

Es war mittlerweile zu dunkel geworden, um weiter in meinem Poe zu lesen. Ich starrte auf das hell erleuchtete Rechteck, Lukes Fenster, und fühlte, wie mich der Schlaf übermannte. Vielleicht habe ich mir lange Zeit auch nur eingeredet, eingeschlafen zu sein. Die Wahrheit ist, daß ich den Kopf in meinen Armen vergrub und mich auf den Bauch drehte.

Spinny weckte mich. Als ich die Augen öffnete, stand sie vor mir, mit dem ausdruckslosen Gesicht und den leeren Augen eines Schlafwandlers. Ich glaube nicht, daß ich sie je gefragt habe, warum sie aufgestanden war, was sie veranlaßt hatte, mich zu suchen, und dann zu Luke zu gehen, als sie mich nicht fand. Vielleicht bin ich auch damals schon davon ausgegangen, daß sie wieder einmal eine ihrer Geistererscheinungen gesehen oder gehört hatte.

»Komm, du mußt dir etwas anschauen«, sagte sie. Ich fragte, was sie damit meinte.

»Da ist irgend etwas auf dem Teppich. Das kann ich mir nicht eingebildet haben, oder? Ich habe ganz genau hingesehen. Ich habe Licht gemacht und immer wieder hin- und wieder weg- und wieder hingeschaut. Ich kann das nicht *geträumt* haben. Und das Licht in seinem Zimmer brennt noch immer.«

Ich zitterte, vor Kälte, aber auch, weil mich plötzlich eine eisige Furcht ergriff.

»Ich habe laut nach ihm gerufen«, sagte Spinny, »aber er hat nicht geantwortet.«

Das Licht brannte noch, und eine Schar von Motten schwärmte und flatterte gegen die hell erleuchteten Fensterscheiben.

Ich fühlte mich unsagbar schwach. Ich weiß nicht, woher ich die Kraft nahm, bis zum Haus zu gehen und die Treppen hinaufzusteigen. Irgendwann, erinnere ich mich, klammerte ich mich an Spinnys Arm. Im Korridor vor Lukes Tür, am Rande des Flurteppichs – Lukes spartanisch eingerichteter Raum hat einen blanken Holzboden wie in einer Mönchszelle – breitete sich langsam ein roter Fleck auf dem hellen Gewebe aus. Spinny und ich sahen uns an; ihr Gesicht war wie versteinert, weiß wie Marmor ohne einen einzigen Tropfen Blut.

Sie sagte: »Du bist weiß wie ein Gespenst.«

Spinny öffnete die Tür. Ich kann es kaum ertragen, den Anblick zu schildern, der sich uns bot – selbst heute nicht, sieben Monate später. Überall war Blut, das noch nicht geronnen war und in breiten Rinnsalen vom Bett über den Boden floß, als ob es uns den Weg weisen wollte (wie es ja auch geschehen war). Er lag auf dem Rücken mit geöffnetem Kragen und aufgerollten Hemdsärmeln, und er war noch weißer als Spinny oder ich, von einer wächsernen Blässe, denn all sein Blut war durch die geöffneten Pulsadern herausgeströmt.

Das Rasiermesser mit dem Perlmuttgriff, das Großvater gehört hatte und das seit Jahren in einem Kästchen aufbewahrt und nie benutzt worden war, lag auf dem Kissen neben seinem Kopf. Und daneben, auf dem zweiten, unbenutzten Kopfkissen – mit einem Stein aus dem Parthenon beschwert, den einer unserer Vorfahren von seiner Reise mitgebracht hatte, bevor es gesetzlich verboten war – lag der Brief, den er uns geschrieben hatte. Sein letzter Wille, wie ich nun mit erschreckender Klarheit erkannte. Er hatte sich nicht eines Besseren besonnen, sondern das wahrgemacht, was von Anfang an in seiner Absicht lag.

Jetzt kann ich ohne Gemütsbewegung darüber schreiben. Damals habe ich alles andere als kühl und gelassen reagiert. Wir begannen alle beide zu schreien. Warum ich ihn berührt habe, weiß ich nicht, vielleicht, weil ich hoffte, seinen Puls zu spüren und ihn doch noch retten zu können. Beim Anblick meiner blutbesudelten Hände steigerte sich Spinnys Geheul zu einem schrillen Kreischen; sie stürzte zum Fenster, rüttelte daran, und schließlich gelang es ihr, es zu öffnen. Ihre Schreie gellten durch die Nacht. Niemand hörte sie, niemand kam. Wir taumelten über die Treppe nach unten, rannten aus dem Haus wie von Furien gehetzt, um von irgendwoher Hilfe herbeizuholen. Wir fanden uns schließlich auf Mrs. Cyprians Türschwelle wieder, schrien und schluchzten, hämmerten mit dem Klopfer immer wieder gegen die Tür und drückten auf die Klingel. Schließlich knieten wir uns auf die kalten Steinstufen und riefen durch den Briefschlitz um Hilfe.

So ist Luke gestorben; so hat es sich damals abgespielt. Unmittelbar danach brach ich zusammen und wurde schwer krank. Sie brachten mich ins Hospital, obwohl ich mich daran nicht mehr erinnern kann, genausowenig wie an die lange Zeit, die folgte, bis ich eines Morgens aufwachte und feststellte, daß meine Haare abgeschnitten waren und der Flaum von meinem Körper verschwunden war und Großmama an meinem Bett saß und mir behutsam beibrachte, daß ich das alles nicht geträumt hatte. Sie gab mir meine abgeschnittenen Haare, zwei goldblonde Zöpfe, die sie mit einem Gummiband zusammengebunden in einem Gefrierbeutel aufbewahrt hatte.

Mit großem Zartgefühl erzählte sie mir nach und nach, im Verlauf der kommenden Wochen, was sich nach Lukes Tod ereignet hatte, und von der polizeilichen Ermittlung, die mit dem Befund auf ›Selbstmord‹ endete. Luke hatte vorher Betäubungsmittel eingenommen, aufgelöst in seinem Schlummertrunk. Ich glaube, es tröstete Großmama ein wenig — genauso wie mich — zu wissen, daß er sich schon in einem Dämmerzustand, am Rande des Vergessens, befand, als er das Rasiermesser ansetzte...

Das Haus schien mir unwirklich, wie ein Traumgebilde, als ich zurückkam. Es sah noch genauso aus, aber etwas fehlte: sein innerstes Wesen, seine Seele, könnte man sagen. Zwei Tage später gab mir Großmama den Schlüssel zu Lukes Arbeitszimmer und den für mich bestimmten Brief, der nach beendeter Untersuchung zurückgegeben worden war. Aber es hat lange Zeit gedauert, bis ich fähig war, den Raum zu betreten, den Schlüssel zu benutzen und das unsichtbare Siegel zu brechen, das mir den Eintritt verwehrte. Gestern, bei meinem zweiten Besuch, fiel mir die dicke Staubschicht auf, die sich überall ausgebreitet hat. Einem Raum, der so viel Ordnungssinn verrät und gleichzeitig so staubig ist, haftet irgend etwas Unheimliches, Düsteres an. Ein ähnlicher Anblick muß sich wohl den Archäologen bieten, die als erste eine uralte Königsgruft betreten.

Rosemary kann ruhig darin saubermachen und lüften. Irgendwie finde ich es morbide, hier ein Mausoleum zu errichten. Das habe ich auch Spinny erklärt, als sie aus der Schule kam. Sie hatte sich auf Zehenspitzen ins Arbeitszimmer geschlichen und stand dort reglos, stumm, mit schreckgeweiteten Augen.

Ich habe schon darüber nachgedacht, was man in diesem Haus verändern könnte. Lukes Schlafzimmer werden wir wohl kaum benutzen, aber sein Arbeitszimmer hätte ich, nachdem es ein wenig aufgeräumt ist, ganz gerne für mich selbst. Spontan gestattete ich Spinny, in unser bestes Gästezimmer und das angrenzende Ankleidezimmer im ersten Stock umzuziehen. Ich sage bewußt ›gestatten‹ und nicht ›vorschlagen‹, weil es in den nächsten drei Jahren, bis zu ihrem achtzehnten Geburtstag, noch in meinem Ermessen liegt, etwas zu erlauben oder zu verbieten. Aber ich bin fest entschlossen, meine Macht nicht zu mißbrauchen oder sie auch nur auszuspielen, und deshalb war mein Ton sanft.

Die Antwort, die sie mir gab, hatte ich nicht erwartet.

»Im Gästezimmer hat noch nie jemand einen Geist gesehen, oder?«

Ich sagte, da sei ich mir ganz sicher. »Aber seit Onkel Sebastian vor Jahren hier war, wurde das Gästezimmer auch nie mehr benutzt.«

Sie sah mich an. »Und Mary Leonhard?« warf sie ein, mit einem ungläubigen Staunen in ihrer Stimme. »Hast du etwa Mary Leonhard vergessen?«

Ich hatte tatsächlich im Augenblick überhaupt nicht an sie gedacht. Hatte sie wirklich so wenig Eindruck auf mich gemacht, oder versuchte ich nur, die Erinnerung an sie zu verdrängen? Spinny kam zu mir und schlang die Arme um meinen Hals, wie so oft. Sie ist äußerst anlehnungsbedürftig und gefühlvoll, und ich wünschte, ich könnte ihre Zärtlichkeit erwidern. Aber jeder körperliche Kontakt ist mir unangenehm. Sie lächelte.

»Du wirst mich doch nicht etwa durch den Spalt im Boden beobachten, oder?«

»Glaubst du?«

»Ich weiß nicht. Bei dir kann man nie sicher sein.« Aber sie lachte mich dabei an; ihre Augen strahlten, als ob sie nie unter Schlaflosigkeit und Alpträumen gelitten hätte.

»Ich nehme das Gästezimmer«, sagte sie. »Aber mir wäre es lieber, wenn wir in ein anderes Haus ziehen würden. Geht das nicht?«

Ich antwortete ihr, daß ich darüber nachdenken wolle. Ich liebe dieses Haus über alle Maßen, trotz allem, was geschehen ist. Ich werde es nie aufgeben.

Ich habe mit meinem Studenten gesprochen. Wir haben uns unterhalten und verabredet, zusammen ins Kino zu gehen. Es kommt mir wie ein Wunder vor und ich kann es noch immer nicht recht fassen. Sein Name ist Daniel, und er studiert im vierten Semester Philosophie und politische Wissenschaften. Ich habe ihn im *Carey's* getroffen, wo ich mich nach Schulschluß mit Spinny verabredet hatte.

Inzwischen esse ich auch wieder. Ziemlich viel sogar, wenn auch nicht das klebrige Marzipan-, Schokoladen- oder Sahnekonfekt, das Spinny so sehr liebt. Man könnte sie direkt beneiden: ihr Teint ist immer makellos und glänzend. *Carey's* ist eines von den kleinen Cafes mit einem riesigen Schaufenster voll köstlicher Torten und Gebäck; dahinter befindet sich ein winziger Raum, in dem man sitzen und schlemmen kann, wie Spinny es bezeichnet. Ich wartete dort schon seit ungefähr zehn Minuten, und immer mehr Studenten kamen herein. Heute weiß ich, daß ich nach Daniel Ausschau hielt, auch wenn ich es damals nie zugegeben hätte.

Spinny kam wieder einmal zu spät, und nach einer Weile stand ich auf, ließ meinen Mantel auf dem Stuhl liegen und holte mir einen Espresso und einen Knusperriegel von der Theke. Als ich an den Tisch zurückkam, saß David auf dem freien Stuhl und wickelte gerade den langen gestreiften Schal mit dem Emblem der Universität vom Hals, den er immer trägt, selbst an einem so milden Frühlingstag wie heute. Natürlich kannte ich damals seinen Namen noch nicht und wußte auch nicht recht, wie ich ein Gespräch anknüpfen sollte.

Er machte den Anfang. Er sprang auf und entschuldigte sich, weil er nicht bemerkt hatte, daß der Tisch besetzt war. Ich erklärte ihm, daß ich auf meine Schwester wartete und daß ohnehin noch ein Platz frei wäre. Und dann nahm ich all meinen Mut zusammen und sagte ihm, daß wir uns schon einmal begegnet seien, vor dem Eingang von St. Leofric's.

»Natürlich«, antwortete er. »Du warst das. Ich habe schon die ganze Zeit überlegt, woher ich dich kenne, und ob du mir vielleicht nur im Traum erschienen bist. Ich träume oft von Menschen mit wundervollen, unvergeßlichen Gesichtern, aber meistens stellt sich heraus, daß sie leider nur in meinen Träumen existieren.«

So fing es an.

Nachdem wir uns vorgestellt hatten, erzählte er mir, daß er seit zwei Jahren in St. Leofric's Hall studiere, und ich erwiderte darauf, daß ich im Oktober mit meinem Studium beginnen würde. Ich sagte ihm, daß ich Waise sei, und auch er hatte seine Eltern verloren, bei einem Autounfall. Er erklärte mir, daß er ständig seinen Schal trage, der inzwischen zu einer Art Erkennungszeichen geworden und drei Meter lang sei. Er erinnerte sich sogar an Luke; er hatte eine seiner Vorlesungen besucht und sagte mir, man könne auf den ersten Blick sehen, daß ich seine Tochter sei. Und dann meinte er noch, er höre mich gerne reden, weil meine Ausdrucksweise so liebenswert altmodisch und gewählt sei, wie er sie eigentlich nur mehr aus alten Büchern kennen würde.

Spinny tauchte schließlich doch noch auf, zusammen mit Tom. Irgendwie war es seltsam, wie wir vier dort saßen, redeten und Kaffee tranken. Zum ersten Mal in meinem Leben fühlte ich mich wie ein *junges Mädchen,* ein ganz normales junges Mädchen, das genau dasselbe tut wie all seine Altersgenossinnen. Man muß es mir angesehen haben, denn meine Schwester, die gerade mit einem Schokoladen-Eclair beschäftigt war, sah mich an und lächelte.

Seitdem hat sie mich zweimal mitten in der Nacht durch ihr Geschrei geweckt. Mit dem Umzug ins Gästezimmer hat sich nichts geändert, wie mir scheint. Als ich in ihr Zimmer stürzte, brannte überall Licht, und ich sah, daß sie die Glühbirne in der Deckenlampe gegen eine stärkere ausgetauscht hatte. Neben ihrer Nachttischlampe gab es noch zwei weitere Lampen, die auf einem Tisch standen; die eine stammte aus Lukes Arbeitszimmer, die andere hatte sie wohl von unten heraufgeholt. Sie stand zitternd neben dem Bett.

»Die Grüne Margery war hier; sie hat immer wieder meinen Namen geflüstert: Despina, Despina ...«

»*Wer* war hier?« fragte ich.

»Die Hexe«, wisperte Spinny, »die Hexe, der die Katze gehört, die man in unserem Haus eingemauert hat. Weißt du das nicht mehr?«

Natürlich erinnerte ich mich. Luke hatte uns die Geschichte erzählt. Spinny klammerte sich an mich, und ich zwang mich, meinen Widerwillen zu verbergen, denn ihr haftet ständig ein ekelhafter, süßlicher Geruch nach Aceton und Zuckersirup an. In der darauffolgenden Nacht war die Katze in ihr Zimmer geschlichen. Sie hätte sich auf sie gesetzt – behauptet Spinny – und sie geweckt, als sie mit der Pfote ihr Gesicht berührte. Spinny hatte das Licht brennen lassen, so daß sie die Katze ganz deutlich gesehen haben will und den Staub auf ihrem Fell – Staub, Mörtelbrocken und Spinnweben, als ob sie gerade aus einer steinernen Gruft entkommen wäre.

Nur eine Woche ist vergangen, aber in dieser kurzen Zeit hat sich so vieles geändert – zum Guten und zum Schlechten. Daniel und ich haben uns inzwischen dreimal getroffen, und das ist die gute Neuigkeit. Ich könnte unsere Gespräche nicht in allen Einzelheiten aufschreiben, so viel haben wir geredet, über alle möglichen Dinge. Wir mögen uns wirklich sehr – und vielleicht ist es sogar mehr als Sympathie.

Und noch etwas Gutes ist geschehen: Großmama hat jemanden gefunden, der sich für unser Haus interessiert. Ein Makler hat dem Mann erklärt, daß die Kaufsumme, die mir enorm hoch erscheint, ge-

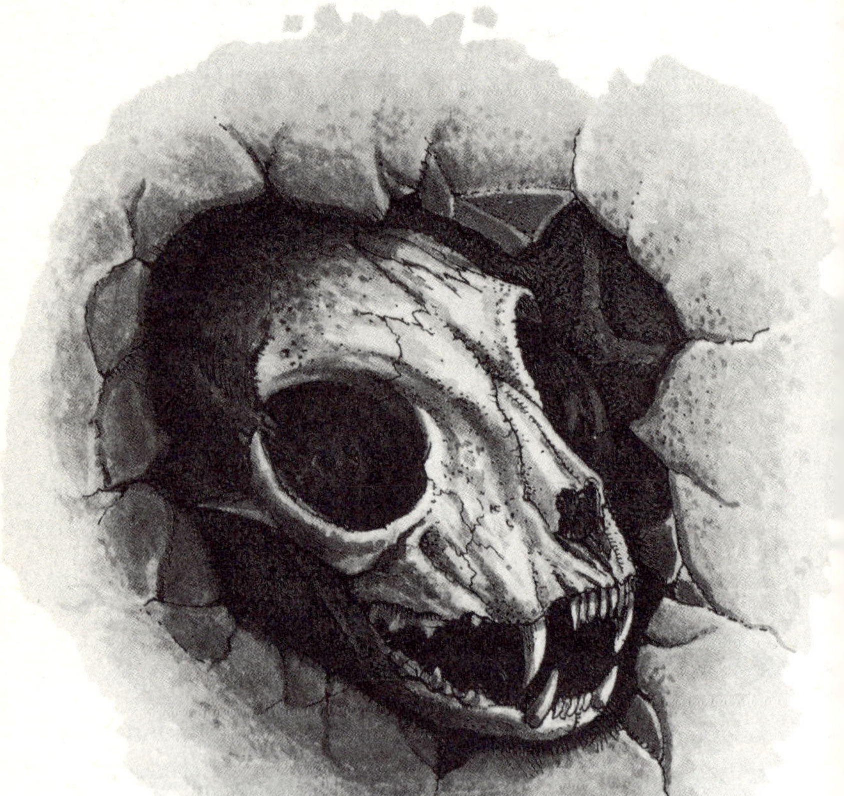

rechtfertigt sei, und er ist bereit, den geforderten Preis zu zahlen. Natürlich habe ich mich geweigert, einen Verkauf ernsthaft in Erwägung zu ziehen, aber es tut gut zu wissen, daß unser Haus so hoch im Kurs steht. Alles andere ist weniger erfreulich, und die Kette unheilvoller Ereignisse scheint nicht abreißen zu wollen.

Onkel Sebastian ist krank. Er mußte ins Krankenhaus, und dort hat man eine Notoperation vorgenommen. Wir kannten ihn kaum; ich schätze, wir haben ihn in unserem ganzen Leben nicht öfter als neun- oder zehnmal zu Gesicht bekommen. Aber er ist das einzige Kind, das Großmama geblieben ist, und sie macht sich schreckliche Sorgen um ihn. Sobald das Telefon läutet, springt sie angsterfüllt auf, und immer hofft sie auf eine gute Nachricht. Das zweite, was passiert ist, scheint reichlich eigenartig. Überall im Erdgeschoß des Hauses tauchen plötzlich Löcher in den Wänden auf, in der Art etwa, wie sie ein Elektriker bohrt, um Leitungen zu verlegen. Sie haben einen Durchmesser von fast zwanzig Zentimetern, sind aber an den Rändern zackig, und man sieht das Fachwerk darunter und den zerbröckelten Mörtel. An Stellen, an denen die Holzbalken aneinandergesetzt oder anscheinend eingelassen worden sind, klaffen tiefe Risse, innen dunkel und leer oder gefüllt mit zerrissenem Papier und Holzspänen und den alles überdauernden Spinnweben. Ich möchte wissen, ob das vielleicht an einer Art Trockenfäule liegt, die man oft in alten Häusern findet, so wie man ja auch bei Flugzeugen von Materialermüdung spricht. Vor zwei Nächten habe ich schon fünf Löcher gezählt, zwei im Wohnzimmer, ein weiteres in der Diele, eines im Korridor und eines im Eßzimmer. Ich habe Lukes Arbeitszimmer aufgesperrt, um auch hier nachzusehen, denn den Schlüssel dazu habe ich selber aufbewahrt, aber es war nichts zu finden. Am nächsten Morgen entdeckte ich noch ein weiteres Loch im Wohnzimmer, rechts neben dem Kamin. Ich rief den Handwerker an, der manchmal kleinere Ausbesserungsarbeiten für uns durchführt, und er versprach, so bald wie möglich zu kommen, wann immer das auch sein mag.

Großmama ist viel zu sehr mit ihren eigenen Sorgen beschäftigt, um davon Notiz zu nehmen. Sie läuft unruhig auf und ab, starrt abwechselnd auf ihre Uhr und dann wieder aufs Telefon und preßt immer wieder eine Hand an ihre Lippen, als wolle sie einen Schrei unterdrücken. Beim Tee war sie heute so in Gedanken versunken, daß sie es versäumt hat, Spinny davon abzuhalten, zuviel zu essen, und meine gierige kleine Schwester stopfte fast die ganze Cremetorte in sich hinein, bevor Großmama die Kuchenplatte mit einer müden Handbewegung außer Reichweite schob.

Das war gestern, Donnerstag. Am Abend führte mich Daniel aus, in eine Diskothek. Ich hatte zwar nicht die mindeste Lust, dorthin zu gehen, und dachte, ich würde es abscheulich finden, weil es im krassen Gegensatz zu allem steht, was ich mag und bewundere oder gern tun wollte. Aber seltsamerweise hat es mir ungeheuren Spaß gemacht, was ich wirklich erstaunlich finde! Am liebsten hätte ich die ganze Nacht durchgetanzt, und ich ließ nur deshalb zu, daß Daniel mich nach Hause brachte, weil ich befürchtete, Großmama könne sich ängstigen, denn

Kummer und Sorgen hat sie im Moment schon genug.

Er brachte mich heim, und ich zeigte ihm die Risse und Löcher in den Wänden. Seit ich das Haus verlassen hatte, waren zwei weitere entstanden. Das sei mit Sicherheit keine Trockenfäule, meinte David, sondern es sähe eher aus, als stammten die Löcher von einem Tier. Warum habe ich nur spontan an die Katze gedacht? Katzen scharren doch gar keine Löcher, oder?

Er muß übers Wochenende nach Hause fahren, aber schon Montag wollen wir uns wiedersehen. »Ich werde dich vermissen«, hat er gesagt, und ich war unbeschreiblich glücklich. Ich winkte und sah ihm nach, wie er im Mondlicht die Straße hinunterging. Sein langer Schatten zeichnete sich deutlich auf den Pflastersteinen ab, die menschlichen Herzen gleichen, und die Enden seines Schals flatterten hinter ihm her wie Engelsflügel. Ich möchte so gerne liebenswert für ihn sein und *gut.* In seiner Gegenwart denke ich nie daran, aber wenn wir uns getrennt haben, dann holt mich die Vergangenheit ein, und ich frage mich, ob ich es nicht doch war, die Luke und Mary Leonhard getötet hat.

Vielleicht habe ich es getan — aber ich hoffe, ich hoffe aus ganzem Herzen, daß ich es nicht gewesen bin! Es ist wahr, daß ich mich nicht erinnern kann, aber es gibt zwei Tatsachen, die für mich und meine Unschuld sprechen, und das beruhigt mich irgendwie. Die eine ist, daß ich in meinem ganzen Leben noch nie ein Federmesser besessen oder mit mir herumgetragen habe, und die andere, daß ich selbst dem Tode nahe war, als Luke starb; ich hätte gar nicht die Kraft gehabt, einem Menschen die Pulsadern zu öffnen.

Plötzlich überfiel mich eine bleierne Müdigkeit; der Druck in meinem Kopf wurde stärker, als laste ein schweres Gewicht auf ihm. Vor ein paar Wochen lag ich noch im Krankenhaus und war kaum in der Lage aufzustehen. Als ich mich nun nach oben schleppte, wurde die Erinnerung an die Nacht wieder wach, als Luke starb und ich, auf Spinny gestützt, die Treppe hochkroch. Dann, in meinem Zimmer angekommen, nahm ich das Englisch-Griechische Wörterbuch von Woodhouse aus dem Regal, und dahinter stand noch immer das Glas mit dem Zyanid. Warum hatte ich es so lange aufbewahrt? Vielleicht nur deshalb, sagte ich mir, weil es gar nicht so einfach ist, es unbemerkt beiseite zu schaffen. Jetzt werde ich es natürlich wegwerfen, sobald sich eine Gelegenheit bietet.

Obwohl ich todmüde war, schlief ich schlecht. Ich glaube, ich bin erst gegen fünf Uhr morgens eingeschlafen. Als ich wach wurde, war es noch dunkel. Draußen herrschte dichter Nebel, der die Fenster einhüllte und sich erst mittags auflöste. Seither ist der Himmel klar und blau, und die Sonne scheint. Großmama ist glücklich; als sie im Krankenhaus anrief, hat man ihr mitgeteilt, daß es Onkel Sebastian besser geht und er eine ruhige Nacht verbracht hat. Sie will morgen nach London fahren, um ihn zu besuchen, und am Sonntag zurück sein, aber sie möchte mich nur ungern allein lassen, sagt sie. Ich habe ihr versichert, daß Spinny und ich sehr gut ohne sie zurechtkommen und mir die allergrößte Mühe gegeben, sie zu beruhigen. Ich glaube, sie wird trotz aller

Bedenken fahren, denn sie ist in die Küche gegangen, um uns für morgen zum Mittagessen ein Huhn zuzubereiten und einen Kuchen zu backen.

Ich will versuchen, ein wenig zu schlafen.

Etwas Seltsames ist geschehen. Das Zyanid ist nicht mehr da. Ich habe alle Wörterbücher aus dem Regal geräumt und sorgfältig nachgesehen, aber das Glas war verschwunden. Wahrscheinlich hat Rosemary es gefunden und weggeworfen, als sie gestern mein Zimmer geputzt hat, denn auf den Büchern ist offensichtlich Staub gewischt worden. Ich erinnere mich, daß sie das schon einmal getan hat. Ich meine natürlich nicht, sie hätte schon einmal Zyanid weggeworfen, aber ein fast volles Glas mit Pfefferminzbonbons, das sie in Spinnys Zimmer gefunden hatte. Ich muß Rosemary danach fragen, wenn sie am Montag kommt. Es wäre zu riskant, so zu tun, als wäre nichts geschehen, denn Zyanid ist einer der allergiftigsten Stoffe, die es überhaupt gibt.

Ich nehme an, daß ich meinen Bericht mit dieser unliebsamen Entdeckung begonnen habe, um mich nicht mit etwas weit Unangenehmerem befassen zu müssen, da es zwar besorgniserregend genug, aber doch nicht das Schlimmste ist, was sich zugetragen hat. Trotzdem habe ich den ganzen Morgen über an nichts anderes denken können. Ich weiß nicht, was ich tun soll, wenn ich überhaupt etwas vor Montag unternehmen kann. Spinny und Tom saßen in Großmamas Zimmer vor dem Fernsehgerät und sahen sich Zeichentrickfilme an; sie aßen dabei Süßigkeiten und kicherten. Im ganzen Haus brannte Licht, denn der Nebel hat seit gestern noch zugenommen.

Als ich morgens aufgestanden war, hatte eine graue Nebelwand die Westfront der Kathedrale verhüllt. Nach einer Weile brach die Sonne durch, und ich konnte die Heiligen und Apostel und geflügelten Seraphime sehen, die in einen überirdischen Glanz getaucht waren, als wären sie inmitten der Dunstschleier zum Leben erwacht. Um die Mittagszeit schloß sich die Nebelwand erneut und lastet seitdem undurchdringlich vor unseren schmalen Sprossenfenstern.

Erst um diese Zeit betrat ich zum erstenmal an diesem Tag die Küche. Ich hatte keine Lust gehabt, mir ein Frühstück zuzubereiten. Das erste, was ich sah, war ein riesiges Loch in der Mauer, oberhalb der hölzernen Wandverkleidung. Darunter, auf dem Boden, fand ich Mörtelbrocken und Roßhaar. Plötzlich verspürte ich das dringende Bedürfnis, das Haus auf der Stelle zu verlassen, irgendwo anders den Tag zu verbringen und vielleicht auch die kommende Nacht. Aber wohin konnte ich bei diesem Nebel gehen? Und mit wem? Daniel ist nicht da. Großmama ist nach London gefahren. Und Spinny hat Tom nach Hause begleitet. Sie ist neben seinem Fahrrad hergelaufen, weil sie ganz versessen war auf Pommes frites und Hamburger. Ich aß allein zu Mittag. Danach setzte ich mich in Lukes Arbeitszimmer und begann, in Newmans *Apologia* zu lesen, wie er es immer zu tun pflegte, wenn er beunruhigt oder unglücklich war.

Ich muß über dem Buch eingeschlafen sein — ich bin wohl doch noch nicht gesund genug, um tanzen zu gehen. Eigentlich hätte ich es wissen müssen. So gegen fünf Uhr wachte ich plötzlich auf. Irgendwo im Haus hämmerte und kratzte jemand. Ich dachte, der Handwerker sei gekommen und Spinny hätte ihn hereingelassen. Es war nicht nötig, daß ich mit ihm persönlich sprach; ich hätte ihm sowieso nicht helfen können. Aber ich ging schließlich doch hinaus und folgte den Geräuschen. Ich wollte mir ein Glas Wasser holen. Es war nicht der Handwerker, sondern meine kleine Schwester, die auf dem Boden kauerte und mit Hammer und Meißel und der ganzen, ihr zu Gebote stehenden Kraft versuchte, ein Loch in die Wand zu schlagen.

Es war wirklich gespenstisch, aber ich fragte sie nicht, was sie dort trieb. Ich wußte es. Ich wußte, wonach sie suchte. Lange Zeit bemühte ich mich, an nichts zu denken und mich statt dessen auf ganz alltägliche Verrichtungen zu konzentrieren; ich ging in die Küche, füllte ein Glas mit Wasser, aß einen Apfel, öffnete den Kühlschrank, begutachtete den Kuchen, den Großmama für uns gebacken hatte, und dann setzte ich mich an den Tisch und las die Zeitung, die Spinny wohl mitgebracht und ungeöffnet dort liegenlassen hatte.

Ungefähr um sieben Uhr, vielleicht auch ein wenig später, setzten wir uns beide hin und aßen den Kuchen. Draußen war es bereits dunkel; kein einziger Stern war zu sehen, und selbst der Mond blieb hinter der dichten Nebelwand verborgen. Es ist auch jetzt noch dunkel, wie ich es beschrieben habe, und genauso still wie zu der Zeit, bevor Mary Leonhard ihren Plattenspieler und Großmama ihren Fernseher ins Haus brachten. Irgendwie reizte es mich nicht, eines der beiden Geräte einzuschalten. Ich dachte über Spinny nach... Über das Federmesser, das sie zu Weihnachten bekommen hatte, im Jahr bevor Mutter starb. Und daran, daß sie auch auf dem Gerüst gewesen war und von Lukes Brief an mich wußte. Ich beobachtete sie, während wir zu Abend aßen. Kann man so etwas wie das Gegenteil von Magersucht haben? Wenn ja, dann leidet Spinny darunter. An diesem Abend bemerkte ich, wieviel sie in sich hineinschlang: drei Viertel einer mit Schinken und Kalbfleisch gefüllten Pastete, die leicht für sechs Personen gereicht hätte, einen halben Laib Brot, jede Scheibe dick mit Butter bestrichen, und eine riesige Portion Himbeereis.

Sie platzte bald aus allen Nähten. Das Etikett ihrer Bluse war nach außen gerutscht, und als sie mir den Rücken zudrehte (um nach der Tüte mit den Marshmallows zu greifen), sah ich, daß sie bereits Größe 44 trug. Und auch die wird ihr bald zu klein sein. Ihr Haar ist inzwischen so lang, wie meines einmal war, aber dunkler und lockig, buschig. Ihr rundes Gesicht mit dem Doppelkinn strahlt jugendliche Frische aus, und ihre Wangen sind so rosig wie das Eis, das sie gerade gegessen hat.

Sie macht uns gerade eine Tasse Kaffee. Ich sitze hier in Lukes Arbeitszimmer und schreibe so schnell wie möglich – warum eigentlich? Der Kaffee ist doch noch gar nicht fertig. Spinny ist einmal kurz hereingekommen und hat mir einen skelettierten Vogelflügel gezeigt, und es war zweifelsfrei zu erkennen, daß die Knochen von einem Vogel stammen, denn außer einer dicken Staubschicht hing noch eine einzelne, rührende Feder daran.

»Könnten das Katzenknochen sein, Elvira?« fragte sie mit leiser, ängstlicher Stimme, wie sie kaum aus dem Mund eines fast erwachsenen Mädchens zu erwarten ist.

»Ich glaube nicht, Liebes«, antwortete ich sanft.

»Ich wollte, ich könnte die Knochen finden und fortschaffen«, sagte sie. »Aber wenn ich von hier fortgehe und das Haus verlasse, spielt das keine Rolle mehr, oder?«

Was meint sie nur? Sie weiß es wohl selbst nicht. Aber ich weiß es. Ich glaube, ich weiß jetzt alles, und ich bin überwältigt von Mitleid – und Angst. So vieles wird Montag geschehen! Wir müssen nur noch die heutige Nacht und den Sonntag durchstehen, o Gott, bitte, laß die Zeit schnell vorbeigehen! Morgen abend wird Großmama zurück sein. Montag werde ich Rosemary als erstes nach dem verschwundenen Glas fragen, ich werde Dr. Trewynne bitten, Spinny in psychiatrische Behandlung zu überweisen; und ich werde Daniel wiedersehen. Ich muß nur noch kurze Zeit durchhalten, nicht mehr als vierundzwanzig Stunden, und ich werde sehr nett zu ihr sein, sehr liebevoll, und alles tun, was sie von mir verlangt.

Ich höre sie jetzt kommen. Sie bringt meinen Kaffee. Um ihr eine Freude zu machen, und damit sie sich entspannt, werde ich ihn trinken, bis zum letzten Tropfen. Wir werden still beisammensitzen, und ich werde nicht mehr schreiben...